AF452814

LA MORT
DE
CÆSAR,
TRAGEDIE.
PAR
MONSIEVR DE SCVDERY.

SECONDE EDITION.

A PARIS,

Chez AVGVSTIN COVRBE', Libraire & Impri-
meur de Monseigneur Frere du Roy, au Palais,
en la petite salle, à la Palme.

M. DC. XXXVII.
AVEC PRIVILEGE DV ROY.

A MONSEIGNEVR

MONSEIGNEVR

L'EMINENTISSIME

CARDINAL, DVC

DE RICHELIEV.

ONSEIGNEVR,

Apres tant de biens-
faits, & tant de fa-
ueurs dont ie vous suis
redeuable, la fortune ayant refusé tou-
jours à mes iustes desirs , les moyens de
vous faire voir par mes seruices, ma reco-

ã iij

EPISTRE.

gnoiſſance, l'ardeur de mon zele, & la grandeur de mon affection, ie me ſuis enfin re-
ſolu de vous le faire comprendre, en vous
monſtrant leur object : la permiſſion que
vous m'auez donnée de vous offrir cèt ouurage, m'en a fait naiſtre l'occaſion ; &
comme vous ſçauez que les Peintres & les
Poëtes ont des conformitez, qui peuuent
leur acquerir meſmes priuileges, i'ay creu
que vous ne vous offenſeriez pas, de voir
voſtre portraict au commencement de ce
liure, puis que vous auez aſſez de bonté
pour ſouffrir à tous ceux qui l'ont au cœur
comme moy, de le placer dans leurs cabi-
nets, ou de le porter en Medailles: Ie ſçay
bien qu'à moins que d'auoir en main le pin-
ceau de Ferdinand, ou le crayon de Du-
Monſtier, on ne deuroit iamais entreprendre vn ſi haut deſſein : mais quand ie con-

ſidere que la difficulté qui ſe trouue à vous
faire reſſembler parfaitement, eſt vne mar-
que de voſtre gloire, & que la foibleſſe que
ie feray paroiſtre en cette entrepriſe, me
ſera commune auec tous les Illuſtres du
ſiecle ou nous ſommes; ie ne peux retenir
ma plume, & ie me ſens forcé de faire voir
au jour, l'idée que ie conſerue en la memoire de tant de rares vertus que toute la
terre adore en voſtre Eminence. Agreez
donc (Monſeigneur) que i'apprenne à la
poſterité, que i'ay l'honneur d'auoir pour
Maiſtre, vn homme qui meriteroit de l'e-
ſtre de tout le monde, & qui pourroit
meſme le deuenir, par le choix de l'Eſprit
de Dieu ſi ſa generoſité ne le portoit, à n'a-
uoir point d'autre ambition, que celle de
voir regner auec pompe & majeſté, le plus
juſte de tous les Rois : aimant mieux en

EPISTRE.

rester subject, que de s'en rendre le Pere.
Ceste verité qui m'anime, est si generale-
ment connuë, qu'il n'est point d'Estats si
esloignez de nostre Monarchie, qui n'ad-
mirent en vous cet esprit desinteressé, qui
se remarque en toutes vos actions, comme
en tous vos conseils : l'histoire nous peut
monstrer des hommes dans l'antiquité, qui
sans doute ont fait pour eux de belles &
de grandes choses ; mais elle ne nous produit point d'exemple de ce Zele ardant,
qui vous fait perdre vostre repos, pour as-
seurer celuy des peuples, & qui vous oblige
tous les iours à hazarder pour eux vostre
illustre vie, par tant de soings & par tant
de veilles, qui peuuent alterer vostre temperament, & destruire vostre santé. De sorte
(Monseigneur) qu'on peut dire sans hi-
perbolle, que le Roy n'a point de Capitai-
ne, ny

ne, ny de Soldat en ſes armées qui s'expoſe à de ſi grands perils que vous, ny qui plus
ſouuent ait affronté la mort ſans la craindre : Mais ſi voſtre courage eſclatte, voſtre conduite & voſtre prudence ne donnent pas moins d'eſtonnement : cèt eſprit
penetrant qui vous fait preuoir les deſ-
ſeins de nos ennemis, eſt vn rayon de diuinité, qui ſouuent a fait tomber ſur eux
les mal-heurs qu'ils nous preparoient. Et
c'eſt auec ces armes puiſſantes, que vous
auez rendu celles du Roy victorieuſes.
Vous auez employé l'adreſſe, ou la violence
eſtoit inutile; vous auez fait agir la force,
où la douceur ne pouuoit ſeruir; & s'il ſe
trouue quelqu'vn aſſez hardy pour entreprendre voſtre hiſtoire, il ne faudra point
d'autre lecture pour deuenir ſçauant en
Politique, puis qu'on y verra par les eue-
ẽ

EPISTRE.

nemens, tout ce que les autres ne nous
monſtrent que par regles; & dans l'eſtre
des choſes, ce qui n'auoit iamais eſté qu'en
idée : mais ie crains bien qu'il ne ſoit point
de plume aſſez forte, pour pouuoir s'eſleuer
ſi haut : & i'oſe meſme dire que vous ſeul
pouuez bien faire voſtre image. Ouy Monſeigneur, c'eſt de voſtre main que vous de-
uez attendre l'immortalité que les autres
vous promettent, & que vous meritez
auec tant de iuſtice. Quand nous aurions
des Apelles & des Phidias, & qu'ils em-
ployeroient les plus viues couleurs de la
peinture, l'or, le marbre, le iaſpe, & le
porphire, pour vous faire des tableaux &
des ſtatuës; tout cela ne ſeroit point aſſez
fort pour deffendre la gloire de voſtre Nom,
contre les iniures du temps. L'experience
nous fait voir que tous ces Arcs triomphaux

EPISTRE.

qu'autrefois on auoit esleuez, pour eterni-
ser la memoire de ce mesme CÆSAR
que ie vous presente, ne nous donneroient
que de foibles marques de sa grandeur &
de sa vertu, si ses Commentaires ne le faisoient reuiure en la mesme splendeur qu'il
estoit en les escriuant. Souffrez donc
(Monseigneur) que ie vous coniure à genoux au nom de toute la France, de vouloir imiter cet illustre Dictateur, & de
trauailler vous mesme à vostre gloire, puis
que vous en estes seul capable : afin que
tous les siecles suiuans, croyent aussi bien
que moy, lors qu'ils apprendront les mi-
racles de vostre vie, que si le Grand
CÆSAR fust venu dans le temps où
vous estes, pour acquerir le tiltre glorieux
de vainqueur des Gaules, la Couronne
qu'il obtint apres dix ans de combats, au-

EPISTRE.

roit paru *sur vostre teste :* & *nous vous*
eussions veu triompher d'vn homme , qui
triomphoit de tous les autres. Mais comme
on ne sçauroit faire que deux âges tant es-
loignez se reduisent en vn, ie fais du moins
que ce mesme CÆSAR, *qui pouuoit*
estre vostre captif, a besoing de vostre pro-
tection; ne luy refusez pas vne grace qui
luy est si necessaire, car ie ne doute point
qu'il ne se trouue des BRVTVS, *qui le*
persecuteront encor dans mon ouurage:
mais il les vaincra tous sans peine, pour-
ueu que vous le regardiez fauorablement,
& que vous me permettiez de publier que
vous voulez bien que ie sois toute ma vie,

MONSEIGNEVR,

Vostre tres-humble, tres-obeïssant,
& tres-passionné seruiteur
DE SCVDERY.

AV
LECTEVR.

IL eſt des Tragedies, comme des beautez ſerieuſes, elles ne plaiſent pas à tout le monde: ce genre de Poeme, qui n'apour obiect que d'eſmouuoir les paſſions, & de donner de l'horreur & de la pitié, ne ſçauroit eſtre le diuertiſſement de ces humeurs enioüées, qui n'en peuuent trouuer qu'à rire. Quelque ſublime que ſoit l'eſprit de Seneque, celuy de Plaute leur agreera dauantage: & ſans doute ils prefererontla naïfueté de l'vn, à la magnificence de l'autre. Mais pour moy, ſans condamner le ſentiment de perſonne, pour authoriſer le mien, ſoit qu'il vienne de ma raiſon, ou de

AV LECTEVR.

mon temperament, i'aduoüe que le Poeme graue, attire mon inclination toute entiere : & que ie me fais violence, lors qu'on
me voit trauailler, fur vn fujet qui ne l'eft
pas. Comme toutes les chofes qui font en
la Nature, vont à leur centre, auec vne mer-
ueilleufe facilité, ie fens bien que mon ge-
nie s'efleue, plus aifément qu'il ne s'abaif-
fe : & que le ftile pōpeux me coufte moins
que le populaire. I'ay plus de peine à faire
parler des Bergers que des Rois ; & les maximes de la Morale & de la Politique, s'of-
frent pluftoft à mon imagination, que ie
n'y trouue cette humble & douce façon
d'efcrire, que demande vn ouurage Comi-
que. Ce difcours (Lecteur) eft plus vn effect de ma crainte, que de ma vanité ; & ie
veux pluftoft excufer mes autres pieces,
que te loüer celle-cy. Ce n'eft pas que ie la
iuge abfolument mauuaife, mon opinion
particuliere feroit trop orgueilleufe, fi elle vouloit combattre la generalle : & ie ne
mettrois iamais au iour, vne chofe que i'en
croirois indigne. Ie fçay bien que cette

Tragedie eſt dans les Regles ; qu'elle n'a qu'vne principale action, où toutes les autres aboutiſſent ; que la bien-ſeance des choſes s'y voit aſſez obſeruée ; le Theatre aſſez bien entendu ; & les penſées, & la locution, aſſez proportionnées à la grandeur de mon ſujet ; & qu'en fin, ſi ie dois tirer quelque gloire de la Poëſie, il faut que cét ouurage me la donne. Mais auec tout cela, ie t'aduoüe, que l'idée que i'ay conceuë de cet Art, eſt ſi haute, que mes paroles n'en ſçauroient approcher : & qu'à la repreſentation de mes Poemes, ie ſuis touſiours le moins ſatisfait. Ne t'imagines donc pas, de voir vn Tableau finy, puis que i'eſcris à tous ceux qui partent de ma main, SCVDERY FAISOIT CETTE PEIN-TVRE ; & non pas iamais A FAIT : tant il eſt vray que i'eſbauche mieux que ie n'acheue, tant il eſt certain que ie le connois. Au reſte, ie dois t'aduertir, que ie fay dire des choſes à Brutus, que l'Hiſtoire met en la bouche de Decimus Brutus Albinus, mais ne crois pas que ce rapport de

noms ait embroüillé mon iugement , &
m'ait fait prendre l'vn pour l'autre: i'ay trop
eſtudié Plutarque, pour tomber en cette
erreur , dont ie ne ſuis point capable. Mais
c'eſt vn deſſein qui regarde le Theatre, &
qui pour faire mieux agir le principal A-
cteur , s'eſcarte vn peu de la verité , dans
vne choſe de nulle importance. Ie ſçay bien
que Brutus a des Sectateurs,qui ne le trou-
ueront pas bon , mais outre que i'eſcris
ſouz vne Monarchie & non pas dans vne
Republique , ie confeſſe que ie n'ay pas de
ce Romain , les hauts ſentimens qu'ils en
ont : car s'il aimoit tant la liberté de ſa Patrie, ie trouue qu'il deuoit mourir auec elle , apres la perte de la bataille de Pharſalle,
ſans attendre celle de Philippes. Il ne deuoit
point deuenir le flateur de C Æ S A R ,
pour s'en rendre apres l'aſſaſſin ; ou plu-
ſtoſt le Parricide : & s'il aimoit tant la Phi-
leſophie , il deuoit finir ſans luy dire des
iniures , & ne pas faire voir qu'il ne vouloit
eſtre ſage , que lors qu'il eſtoit heureux.
Mais i'ay tort de ſonger aux fautes des
grands

grands hommes de l'Antiquité , lors que
ie fais imprimer les miennes : & i'aurois
plus de raifon, de chercher dequoy faire
mon Apologie, que leur cenfure. Mais ie
ne veux ny te flatter, ny te preuenir ; ie te
laiffe ton iugement libre, & ne te le demande qu'equitable.

PROLOGVE.

LE TIBRE, LA SEINE.

LE TIBRE.

I'AY trauersé les flots amers
De deux fieres & vastes Mers,
Auec autant d'amour que i'ay souffert de peine :
O riuage François! climat heureux & doux,
Ie ne le dis qu'à vous,
Qui sçauez que le Tibre est venu voir la Seine.

Son nom fameux qui va par tout,
Et qui de l'vn à l'autre bout
A remply l'Vniuers du bruit de ses merueilles :
M'ayant charmé l'esprit des beautez de ces lieux,
J'ay voulu que mes yeux
En fussent les tesmoins, sans croire à mes oreilles.

Adorable Diuinité
Pardonne à ma temerité,

PORLOGVE.

Puis qu'elle est vn effect de ton merite extresme:
Et sors en ma faueur des portes de Criftal
　　　De ton Palais natal,
Pour monftrer à mon cœur le rare obiect qu'il aime.

　　La vague s'enfle ; & ie la voy
　　Qui s'efleue & fe monftre à moy,
Mais telle qu'on la peint , la plus belle du monde:
Et qui ne connoiftroit de fi charmans appas,
　　Ne la croiroit-il pas
Venus, ou le Soleil fortant du fein de l'onde?

　　Le Tibre que tant de Guerriers
　　Ont iadis couuert de Lauriers,
Les vient mettre à tes pieds, & chanter ta loüange:
Mais quelques ornemens qu'il y puiffe employer,
　　Il ne fait que payer
Vn tribut que te doit le Danube & le Gange.

LA SEINE.

　　Sois plus iufte en ce compliment,
　　Fais mieux agir ton iugement,
Puis que ma gloire vient d'vne caufe premiere:
Que fi mon foible efclat rend tes yeux esbloüis,
　　Que ne fera LOVIS,
Luy de qui ma fplendeur, emprunte fa lumiere?

PROLOGVE.

Ouy ce n'eſt que par ce grand Roy
Que l'Vniuers parle de moy;
Son Nom porte le mien aux deux bouts de la terre:
Les plus loingtains Climats, & les plus ſeparez,
Sont deſia preparez
A receuoir les coups de ce foudre de guerre.

Ny tes Conſuls, ny tes Cæſars,
N'ont iamais couru les haʒards,
Où s'expoſe le cœur de ce ieune Alexandre:
Son indomptable main (en donnant le treſpas)
A fait plus de combats,
Qu'on n'en fit autresfois ſur les bords du Scamandre.

Ne connois tu pas RICHELIEV?
Quoy! cét illuſtre demy Dieu,
N'auroit-il point d'Autels dans ta Rome fameuſe?
Luy qui par des hauts faits qui n'ont point de pareils,
Et par ſes bons conſeils,
A vaincu l'Ocean, l'Eridan, & la Muſe.

Toy qui viens de quitter la Cour
Où le Dieu des Eaux fait ſeiour,
N'auras tu point appris ce que pût ſa fortune?
Quand pour venir à bout de ce Siege important,
Sa prudence fit tant,
Qu'elle enchaina les vents, & captiua Neptune.

PORLOGVE.

Demande aux Monts audacieux,
De qui le front touche les Cieux,
Si leur fermeté cede à celle de son ame :
Les Alpes te diront qu'il luy falut dompter
(Auant que d'y monter)
Les rochers, les torrens, & le fer, & la flame.

Mais ie parle de ses exploits,
Et ie manque desia de voix !
Leur nombre m'espouuante, & ma bouche est fermée :
Appreuue mon silence, & ne desire plus
Ces discours superflus ;
Si tu les dois sçauoir, c'est de la Renommée.

Elle pourra t'apprendre encor
Qu' Apollon a sa lire d'or,
Par les biens qu'il reçoit de sa main liberalle ;
Et que ce grand Heros, estime les neuf Sœurs,
Fais cas de leurs douceurs
Et leur donne à chanter sa gloire sans esgale.

Aussi iamais les doctes mains,
Soit des Grecs, ou soit des Romains,
N'ont tracé du bien dire, vne si haute idée :
Et iamais Euripide en voulant l'esgaler,
N'eust fait si bien parler,
HERODES, SOPHONISBE, & la docte
MEDEE.

PROLOGVE.

Auiourd'huy mesme en toutes pars,
LA MORT DV PREMIER DES
CÆSARS,
S'en va faire admirer nostre Scene Tragique:
Tarde vn peu sur mes bords, ou pour te resioüir,
Ie veux te faire oüir
Tout vn peuple rauy de voir ta Republique.

LE TIBRE.

S'il te plaist, i'y suis resolu;
Ton commandement absolu
Ne peut treuuer en moy que de l'obeissance:
Plongeons nous sous les flots qui craignẽt ton pouuoir,
Trop heureux de t'y voir,
I'oubliray si tu veux le lieu de ma naissance.

LA SEINE.

Nos païs ne le souffrent pas;
Le sort appelle ailleurs tes pas;
Mais pour nous separer auecques moins de peine,
Sçache que le destin m'a fait lire en ses loix,
Qu'vne seconde fois,
Il veut ioindre nos LIS, & ton AIGLE RO-
MAINE.

PROLOGVE.

Suy le respect, & le desir,
Et viens voir auecques plaisir,
RICHELIEV, dont l'esprit est au dessus de
l'homme:
Et confesse, en voyant ce diuin Cardinal,
Qu'il n'eut iamais d'esgal,
Parmy ces grands Heros qu'on adoroit à Rome.

LES ACTEVRS.

CÆSAR, Dictateur perpetuel.
CALPHVRNIE, sa femme.
BRVTE, Senateur.
PORCIE, sa femme.
CASSIE, Senateur.
LEPIDE, Senateur.
ANTHOINE, Senateur.
LABEO, Senateur.
QVINTVS, Senateur.
ALBIN, Senateur.
COEVR d'autres Senateurs.
ARTEMIDORE, Rethoricien Grec.
EMILIE, suiuante de Calphurnie.
PHILIPPVS, Affranchy de Cæsar.
COEVR de peuple Romain.

La Scene est à Rome.

LA MORT
DE CÆSAR.

ACTE PREMIER.

BRVTE, CASSIE, PORCIE.

SCENE PREMIERE.

BRVTE, CASSIE.

BRVTE.

E deliberons plus, le sort en est ietté :
L'excés de preuoyance est vne lascheté :
Il faut pour ce grand coup choisir l'heure
    opportune,
Et puis s'abandonner aux mains de la fortune.

A

Fleau des foibles esprits, image du danger,
Vous choquez vn dessein qui ne sçauroit changer;
Il est iuste, il est beau, c'est ce que ie demande :
Ma main, resoluons nous; l'honneur nous le com-
    mande :
Monstrons le mesme cœur qu'ont monstré nos parens,
Et que le Nom de Brute est fatal aux Tirans.

CASSIE.

Ieune & vaillant Heros, de qui la Republique
Espere sa franchise, & sa splendeur antique :
Tu veux suiure vn chemin que les tiens ont battu,
Comme illustre heritier de leur haute vertu :
Poursuis, braue Guerrier, imite leur memoire,
Car le mesme labeur t'acquier la mesme gloire;
Pour deuoir l'entreprendre il ne te manque rien;
Vers toy se tourne l'œil de tous les gens de bien :
Puis qu'vn nouueau Tarquin ainsi nous persecute,
Fais voir qu'on treuue encore vn veritable Brute,
Ennemy des Tirans, de qui l'authorité,
Veut opprimer le peuple, & nostre liberté;
Fais voir qu'vn siecle infame, en toy fit naistre vn
    homme,
Digne de la grandeur de la premiere Rome.

BRVTE.

Les peuples que le sort a soubmis à des Rois,
En doiuent reuerer la personne & les loix,

C'est là mon sentiment, & ie tiens que sans crime,
On ne peut renuerser vn Throsne legitime :
Mais Cæsar est iniuste, en nous voulans oster
Ce que tous les thresors ne sçauroient acheter :
D'esgal il se fait Maistre ; & Rome enfin trompée,
Voit bien que c'est pour luy qu'elle a vaincu Pompée ;
Que c'estoient deux Riuaux esgalement espris,
Qui faisoient vn combat dont elle estoit le prix ,
Qu'ils auoient mesme but, & vouloient entreprendre
D'oster la liberté, faignant de la deffendre :
De sorte qu'en leur gain nous ne pouuions gaigner,
Puis qu'ils auoient tous deux le dessein de regner ;
Et que de quelque part qu'eust panché la balance,
Rome deuoit souffrir la mesme violence.
O droict! ô bonnes mœurs! ô iustice des Cieux!
Combien peu vous respecte vn cœur ambitieux?
Et de quoy n'est capable vne ame desreglée,
Quand par l'esclat d'vn Sceptre elle s'est aueuglée?
Qu'els crimes n'ont commis ces Tygres inhumains?
N'ont-ils pas oublié qu'ils estoient nais Romains?
Et lors qu'ils disputoient la puissance Royalle,
N'ont-ils pas fait rougir les plaines de Pharsalle?
Moy mesme (ô souuenir! plein de resentiment)
Ay veu des flots de sang, & des monts d'ossemens ;
Et pour atteindre au but de leurs folles enuies,
Les Parques ont tranché plus de cent mille vies !
Ha Cæsar! ô Tiran! c'en est trop enduré ;
Le Ciel veut ton trespas, & Brute l'a iure.

A ij

CASSIE.

Ha ! l'illuſtre ſerment, ha ! la belle entrepriſe;
C'eſt de ceſte façon que l'on s'immortaliſe;
Voila ce grand deſſein digne d'eſtre admiré,
Qui de tous les Romains s'eſt veu tant deſiré.
Fatale ambition, deteſtable folie,
Qui couſtes tant de ſang à la pauvre Italie :
Monſtre, à qui l'Vniuers ſemblent encor trop petit,
Pour ſaouler pleinement ton auide appetit ;
Voicy le dernier iour de ta rage homicide,
Le bruit de nos ſouſpirs vient d'eſueiller Alcide.

BRVTE.

Ha ! tu me traites mal, rare & fidelle amy;
Mon cœur eſtoit penſif, mais non pas endormy;
Il peſe meurement tout ce qu'il ſe propoſe,
Et ſouuent il agit, qu'on iuge qu'il repoſe.
Vn deſſein perilleux ſe doit examiner,
Et ce n'eſt pas aſſez que de l'imaginer,
Il faut en voir la fin premier que ſi reſoudre :
Vn homme preparé ne craindroit pas la foudre :
Ce qu'on penſe en tumulte eſt ſuiet à faillir,
Par le moindre accident qui nous viennent aſſaillir.
Mais auant qu'entreprendre vne haute aduenture,
Quand vn ſolide eſprit s'en eſt fait la peinture,
Rien ne l'eſtonne plus ; ny foible, ny mutin,
Il fait, & laiſſe faire au ſuprême deſtin.

C'eſt l'eſtat où ie ſuis, braue & ſage Caſsie :
Mais ce don vient du Ciel, & ie l'en remercie,
Faiſons voir ce que peut (aux Romais eſbahis)
Et l'amour des vertus, & celle du païs :
Et reſolus de faire vn acte memorable,
Taſchons de prendre vn lieu qui nous ſoit fauorable.

CASSIE.

Pour auoir ſans peril noſtre commun repos,
Le Senat (ce me ſemble) eſt le plus à propos.
Sa garde ailleurs par tout le ſuit comme ſon ombre.
Mais là, comme en vertu nous le paſſons en nombre :
Si ta main ſeulement veut ſigner ſon treſpas,
Celle de nos amis ne nous manquera pas.
Tu ſçais bien qu'ils ſont preſts de ſuiure ta fortune,
Et d'auoir le danger, & la gloire commune :
Mais quel eſt ce danger ! ſi chacun eſt pour toy ;
Et ſi tous ont horreur du ſimple nom de Roy ?

BRVTE.

Ceſte belle eſperance eſt encore incertaine ?
Le captif à la fin s'accouſtume à la chaine.
Tout mal par l'habitude eſt facile à ſouffrir,
Plus qu'vn remede amer qu'ō taſche en vain d'offrir.
Ces cœurs peu genereux, ces ames abaiſſées :
Que l'honneur a quittez, que la gloire a laiſſées :
Ce foible, & laſche peuple, apres auoir permis
Tout ce qu'ont deſiré ſes mortels ennemis,

Au milieu du peril, se croit sur le riuage,
Et baise encor la main qui le met en seruage.
D'vne feinte douceur, d'vn sousris attrayant,
L'adresse de Cæsar le pipe en le voyant;
Sa ruse son esprit, sçait desguiser les choses,
Et cacher finement les fers dessous les roses:
L'or, dont il est prodigue, establit son pouuoir,
Et sa main donne tout, afin de tout auoir:
De sorte que le peuple ayant pris ceste amorce,
Agit contre soy mesme, authorise sa force,
Luy prepare le throsne, & l'excite à monter,
Deuient souple, seruile, & se laisse dompter.
Ainsi quelque dessein que nostre vertu prenne,
Ces esclaues d'vn Roy banniront cette Reine,
Seront contr'eux pour luy: mais sans plus discourir,
Libres nous sommes nais, libres il faut mourir.

CASSIE.

Le temps nous produira ses effects ordinaires:
Brute ie cognois bien l'amour des mercenaires,
Cæsar ne viuant plus, ces amis d'interest,
Appreuueront sa mort, en beniront l'arrest,
Et vrais Cameleons plus changeans que Neptune,
Ils suiuront le party que suiura la fortune.

BRVTE.

Il n'appartient qu'aux Dieux de sçauoir l'aduenir :
Commençons tousiours bien, & laissons les finir :
Nostre prudence est courte, & la leur infinie ;
Elle sera pour nous, contre la tyrannie ;
Leur bonté les oblige en ce pressant besoin,
De voir nostre conduitte, & d'en prendre le soin.

CASSIE.

Nous mesmes conduisons nos faicts, & nos années :
Nous seuls pouuons former nos bonnes destinées :
Brute, s'il est des Dieux, ils s'occupent ailleurs,
Qu'à nous rendre contens, & nos destins meilleurs.

BRVTE.

L'on voit en tes discours, l'on oit en mes repli-
	ques,
La Secte d'Epicure, & celle des Stoïques :
Mais pourtant nos pensers, ennemis des tirans,
Vont en vn mesme lieu, par sentiers differens.

CASSIE.

Mets ta main dans la mienne ; icy ie te proteste,
(Et soit nostre aduenture, ou prospere, ou funeste)

De ſuiure deſormais ta fortune & tes pas,
Soit que tu veuilles viure , ou courir au treſpas.

BRVTE.

Dieux iuſtes! Dieux vangeurs! ennemis du pariure,
Eſcoutez nos ſermens, Brute vous en coniure :
Puniſſez l'infracteur qui manquera de foy,
Et ſi ie l'abondonne, ô Dieux foudroyez moy.

CASSIE.

Brute en donnant ſon cœur, prend celuy de Caſſie :

BRVTE.

Treſues de ce diſcours ; voicy venir Porcie :
Va-t'en voir nos Amis, ie te ſuiuray de prés,
Couronné de lauriers, ou couuert de Ciprés.

SCENE

SCENE
SECONDE.

PORCIE, BRVTE.

PORCIE.

E me direz vous point quelle humeur
  solitaire,
Vous esloigne de moy, vous oblige à
  vous taire ?
Auriez vous reconnu mon esprit indiscret,
Capable en trahissant, d'vser mal d'vn secret ?
Brute, s'il a commis vne telle imprudence,
Priuez-le de l'honneur de vostre confidence ;
Ayant bien merité ce iuste chastiment,
Ie n'appelleray point de vostre iugement ;
Ie subiray sans plaindre, vn Arrest legitime ;
Mais que ie sçache au moins l'espece de mon crime ;
Ie ne m'en souuiens pas : & loing d'y consentir,
Sans sçauoir quel il est, i'en ay du repentir.

BRVTE.

Ha! que tu fondes mal ta foible coniecture:
La peine que ie sens, est d'vne autre nature;
Le corps, & non l'esprit, en souffre la rigueur;
Et ie ne sçay point l'art de te cacher mon cœur.
Depuis neuf ou dix iours vne douleur confuse,
Me priue du sommeil que la nuit me refuse;
Certaine pesanteur occupe tous mes sens;
Et i'ignore le nom de ce mal que ie sens.

PORCIE.

Que la feinte messied à l'ame genereuse!
Ou ie suis criminelle, ou ie suis mal-heureuse:
Vous perdez le repas, vous perdez le repos,
Des souspirs continus tranchent tous vos propos,
Vous resuez en tous lieux, & contre vostre vsage
Vne morne tristesse, est peinte en ce visage;
C'est ce qu'on ne fait point pour vn mal inconnu,
Il nous doit aduenir, ou nous est aduenu.

BRVTE.

Aussi peu l'vn que l'autre; & c'est ce qui t'oblige
A ne t'affliger pas, croyant que ie m'afflige.

Ha ! ne contestez plus, contentez mes desirs :
Quoy ! n'ay-ie point de part aux maux, comme aux
    plaisirs
Quoy ! vostre ame croit donc quelque ennuy qui la
    tienne,
Que le vice du sexe a pouuoir sur la mienne ?
Qu'elle ne sçaurcit taire vn secret important ?
Brute, s'il est ainsi, que ie meure à l'instant :
Ne me regardez plus que comme vne infidelle,
N'escoutez pas ma pleinte, ou bien vous mocquez
    d'elle.
Mais si cette amitié qui ioignoit nos esprits,
(Qui dure par l'estime, & meurt par le mespris)
Subsiste encore en vous, iugez mieux de mon ame ;
Et sçachez que Porcie endureroit la flame,
Auant que descouurir ce qu'elle doit cacher,
Et que pour voir son cœur, il faudroit l'arracher.
Arbitres du present, & des choses passées,
Qui seuls auez pouuoir de lire en nos pensées,
Dieux iustes, Dieux clements, permettez auiour-
    d'huy,
Que Brute y puisse voir l'amour que i'ay pour luy ;
Afin qu'il puisse croire en la voyant extréme,
Que me dire vn secret, c'est le dire à luy-mesme.

BRVTE.

Ha! c'est trop, ie me rends; & contre mon deſſein,
Ton zele, & ton amour, s'en vont m'ouurir le ſein.
Connoiſſant ton pouuoir, tu me fais violence;
Car ce n'eſt qu'à regret que ie romps mon ſilence:
Mais comme i'en vſois pour ne pas t'affliger,
Ie le quitte, de peur de te deſobliger.
Prepare ton oreille; excite ton courage;
Et iuge dans le port, quel doit eſtre l'orage:
Sçache que ie m'appreſte à faire vn coup ſi grand,
Qu'il fait preſque trembler la main qui l'entreprend.

PORCIE.

Mon cœur n'eſt point outré, ny ma paupiere humide;
La fille de Caton ne peut eſtre timide:
Fais agir ta prudence; elle ſuiura ton ſort,
Quand il deuroit paſſer par les mains de la mort.

BRVTE.

O d'vn pere excellent, excellente heritiere!
On voit qu'il t'a laiſſé ſa vertu toute entiere:
(Vertu, que dans ſa fin l'Vniuers admira)
Et qu'il te fit ſortir de ce qu'il deſchira.
L'amour de ſon pays, qui luy couſta la vie,
Me fait ſuiure ſes pas, me donne meſme enuie,

Et pour dire en vn mot tout ce que i'ay pensé,
Ie suis prest d'acheuer ce qu'il a commencé.

Il veut deliurer la Republique.

PORCIE.

N'attendez pas de moy des marques de foiblesse,
Je hay trop le Tyran, s'il vous choque, il me blesse :
L'image de Caton qui me suit en tous lieux,
Semble offrir son poignard, & son sang à mes yeux :
Mais Brute, ma douleur n'est pas sans allegeance ;
Vn extreme plaisir se treuue en la vangeance ;
Et loing d'auoir des pleurs capables d'arrester,
I'en respandrois plustost pour vous solliciter.

BRVTE.

O miracle ! ô grand cœur ! à qui tout autre cede ;
Dieux, que ie suis puissant, puis que ie te possede

PORCIE.

Ouy, vous y regnez seul ; rien ne peut l'asseruir ;
Et ce cœur est vn lieu qu'on ne vous peut rauir.

BRVTE.

Adieu, l'heure m'appelle ; auant que ie te voye,
Nous serons dans l'excez de tristesse ou de ioye.

PORCIE.

Moy, ie voy de ce pas au pied de nos autels,
Offrir des vœux pour vous, à tous les immortels.

BRVTE.

Encor vn coup, Adieu;

PORCIE.

Mon ame vous veut ſuiure:

BRVTE.

C'eſt fait; Brute ou Cæſar s'en vont ceſſer de viure.

ACTE II.

LEPIDE, ANTHOINE, CAL-
PHVRNIE, CÆSAR, BRVTE.
CASSIE, PORCIE, PHILIPVS.

SCENE PREMIERE.

LEPIDE, ANTHOINE.

LEPIDE.

CEVX *de qui la main gouuerne l'Uni-*
uers,
Les plus grands ennemis font les moins
defcouuers :
La douceur de Cæfar fe treuuera deceuë,
Et fa clemence enfin n'aura pas bonne iffuë,

Ne regner qu'à demy, c'est auoir mauuais ieu,
Et nostre Dictateur en fait trop, ou trop peu.
Vn calme si profond, m'afflige, & le menace,
Jamais Pilote expert n'aima tant la bonace :
Elle porte souuent (lors qu'elle veut changer)
De l'extréme repos, à l'extreme danger.
Les flots les plus vnis sont suiets à l'orage ;
Vn instant voit leur paix ; vn instant voit leur rage,
Et dans les grands Estats, comme en cét element,
Mesme peril se treuue, & mesme changement.
Face le Ciel (Antoine) en ces choses futures ;
Que ie me sois trompé dedans mes coniectures,
Et que le grand Cæsar (à qui rien ne deffaut)
N'ait point de precipice, estant monté si haut.

ANTHOINE.

Ie tiens que cette crainte a la raison pour guide ;
Vostre aduis est le mien, sage & prudent Lepide ;
Cét excés de clemence a desia trop permis ;
Tout doit estre suspect, venant des ennemis :
Et de quelques bien-faicts qu'on les reconcilie,
Les croire, c'est foiblesse, & les aimer folie.
Celuy dont ce descours a formé son obiet,
Porte escrit sur le front quelque mauuais proiet ;
Son humeur sombre & noire, est vn signe visible,
Que pour troubler autruy son cœur n'est point paisi-
ble ;

Il rumine

Il rumine sans doute, vn dessein important:
Ouy, Brute m'est suspect,

LEPIDE.

ie vous en dis autant.

ANTHOINE.

Et Cæsar neantmoins en à l'ame charmée,
Se repose sur luy des soings de son armée,
N'a iamais de pensers qui ne luy soient ouuers,
Et le rend apres luy Maistre de l'Vniuers.
Le Senat d'autre part va iusqu'à l'insolence,
Et pour rompre sa chaine a rompu son silence;
Murmure effrontément contre le Dictateur,
Se pleint de son pouuoir, l'appelle vsurpateur,
Et tasche d'exciter quelque dextre hardie,
A la sanglante fin de ceste Tragedie.
O bonté de Cæsar cause de ma douleur,
Tu le seras vn iour de son propre mal-heur.
Quiconque tient en main la puissance vsurpée,
En tout temps, en tous lieux, y doit tenir l'espée;
Tel Prince doit auoir (comme celuy d'Enfer)
Et le Throsne de flâme, & le Sceptre de fer:
Et comme il est seruy par la seule contrainte,
Il doit s'enuironner de terreur & de crainte;
Abatre les plus grands, qui choquent son pouuoir,
Pour contenir le reste aux termes du deuoir;

Et de leur infortune augmentant sa puissance,
Auoir moins de subiects, & plus d'obeissance.

LEPIDE.

Ce mal est en vn point qu'on le peut éuiter :
Cæsar peche en douceur, mais il la peut quitter :
L'amitié la plus franche, est la plus estimable ;
En ceste occasion, le silence est blasmable ;
Parlons, mais hardiment, puis qu'il en est saison :
Et haut ; dans le dessein d'esueiller la raison :
Chæsar merite bien vne amitié fidelle.

ANTHOINE.

Allons à son Palais où l'heure nous appelle.
Pour le suiure au Senat, apres que nos propos
Auront mis son esprit, & le nostre en repos.

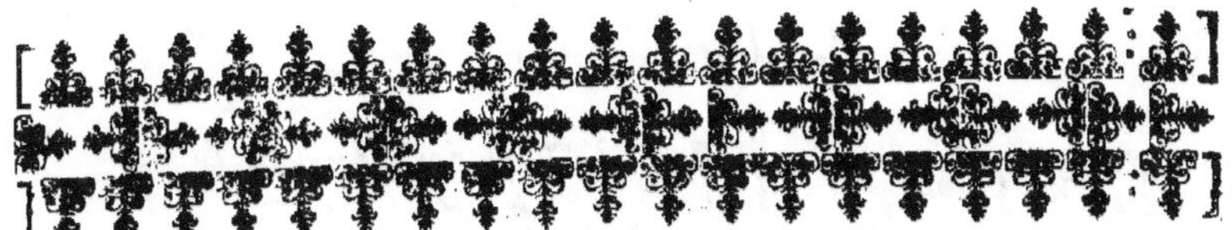

SCENE
SECONDE.

CALPHVRNIE , CÆSAR,
PHILIPVS.

CALPHNRNIE.

V secours mes Amis , des Tigres san-
   guinaires,
Exercent sur Cæsar leurs fureurs ordi-
   naires.

La châ-
bre de
Cæsar
souure, sa
femme est
sur vn
lict en-
dormie,
il acheue
de s'ha-
biller.

CÆSAR.

La peine qu'elle sent , me touche de pitié :
Ce songe , est vn effet d'vne forte amitié ,
Qui peignant mon visage , en l'imaginatiue ,
Luy fait tenir certain que ce mal-heur m'arriue.

CALPHVRNIE.

O Dieux ! rien ne s'oppose , à ce sanglant effort ;
Il n'en peut plus , il tombe , il se meurt , il est mort,

CÆSAR.

Il la faut esueiller : respondez moy dormeuse.

CALPHVRNIE.

Qui m'appelle ? ou sont ils ? reuenez troupe affreuse :

CÆSAR.

Vous mesmes, reuenez d'vn assoupissement,
Qui nous a fait souffrir tous deux, égallement.

CALPHVRNIE.

Est-ce vous mon Cæsar ? helas ! est-il possible,
Que vous soyez viuant, & que ie sois sensible ?
Vous me venez de rendre vn seruice important :
Vous me ressuscitez, en vous ressuscitant ;
Et par vous & pour moy la force est dissipée.
Des plus noires vapeurs dont l'ame soit trompée.
Mais Dieux ? m'est-il permis par vn discours flateur,
De mespriser ce songe, & l'appeller menteur ?
Et m'ayant si bien peint vn acte si tragique,
Le dois-ie croire faut ? ou songe prophetique ?
Vous, dont la volonté regle mon sentiment,
Assistez ma raison de vostre iugement ;
Ie sens bien qu'elle est foible, & que le mal l'emporte,
Elle s'oppose en vain, & la crainte est plus forte.

CÆSAR.

Quoy! vous laissez vous vaincre aux effets de la peur
Vous qui ne combatez que contre une vapeur?
Et cét esprit solide, en sa douleur amere,
Ne peut-il se sauuer de mains d'une chimere?
Puis qu'en me renoyant vous auez de l'effroy,
Ce phantosme est plus fort, ny que vous, ny que moy.
Mon amour s'en offence, & ce mespris la blesse;
Pour tesmoigner la vostre ayez moins de foiblesse:
Chassez vne frayeur qui n'a point de suiet;
Et par vostre recit monstrez moy son obiet.

CALPHVRNIE.

Ha! ne conseruez pas ceste fatale enuie:
Estouffez ce desir, si vous aimez ma vie:
Ce prodige est si noir, qu'on n'en peut discourir,
Le seul penser m'en met aux termes de mourir:
Et bien que ie me plaise en mon obeissance,
Ce que vous demandez n'est pas en ma puissance.
Disons-le toutefois: la parque dans ses mains,
A retranché les iours du plus grands des humains;
Et quoy que ce mal-heur ne subsiste qu'en songe,
Ie crains auec horreur ce funeste mensonge.
O! vous qui penetrez dans vn lasche attentat,
Bons Dieux, sauuez Cæsar, pour sauuer tout l'E-
stat;

Sans doute il periroit dedans son infortune;
Et deformais sa perte, est la perte commune.

CÆSAR.

Ces vœux iustes & sainéts volleront iusqu'au Ciel;
Ils pourroient adoucir vn astre tout de fiel;
Et de quelque façon que le sort me regarde,
Ie me tiens asseuré d'vne si bonne garde:
Puis qu'ils partent d'vn cœur, & si pur, & si net.
Mais l'heure du Senat m'appelle au cabinet,
Qu'on me donne ma robe.

CALPHVRNIE.

                Ha ! ce peu de croyance,
Veut offusquer les yeux de voftre preuoyance;
Cæsar, vous refusez d'vn esprit estonné,
Un aduertissement que les Dieux m'ont donné.
Ouy les Dieux m'ont fait voir voftre perte asseurée,
Si vous n'oyez les cris d'vne defesperée,
Qui se iette à vos pieds, embrasse vos genoux,
Et vous coniure icy de prendre garde à vous.
Ce songe est vn esclair qui deuance vn tonnerre,
Dont le couroux du Ciel semble aduertir la terre;
Receuez le conseil de ce cœur affligé;
Et ne vous perdez pas pour l'auoir negligé.
Au moins, craignez vn peu le mal que ie soupçonne:
Souffrez que tous vos gens suiuent voftre personne;

Afin que leur secours vous puisse guarantir,
Du triste sentiment d'vn tardif repentir.

CÆSAR.

Cæsar ne peut rien craindre ; & son ame affermie,
Voit gemir souz ses pieds la fortune ennimie :
Consolez vous mon cœur, perdez ce souuenir ;
Et laissons au destin le soin de l'aduenir ;
Il nous faut arriuer où son vouloir nous meine.

CALPHVRNIE.

O ! le foible secours, qu'est la prudence humaine !

La chã-
bre se re-
ferme.

SCENE
TROISIESME
BRVTE, CASSIE.

BRVTE.

ENfin obtiendrons nous le supréme bon-
    heur?
   Voit - on en nos Amis un sentiment
    d'honneur?
As-tu bien obserué les traits de leur visage;
N'y remarques-tu rien de sinistre presage;
Cette premiere ardeur est-elle dans leur sein?
Ne succombent-ils point souz le faiz du dessein?
N'ont ils point mis d'obstacle à leur gloire prochaine?
Leurs esprits sont-ils ioints par vne mesme chaisne?
Vont-ils d'vn mesme pied? l'auras-tu bien pù voir?
Et bref, qui regne en eux, ou la crainte, ou l'espoir?

CASSIE.

Iamais Lire d'Orphée, en douceur infinie,
Ne fut si bien d'accord, & n'eut tant d'harmonie;

Ha ! qu'ils sont esloignez de la peur du trespas ;
Vn puissant éguillon solicite leurs pas :
Et pareils aux Dauphins qui sautent dans l'orage,
Tous ont le mesme but, & le mesme courage :
Tous regardent la mort, comme vn souuerain bien :
Quiconque ne la craint, ne sçauroit craindre rien,
C'est pour les grands esprits vne pierre de touche,
Aussi tous nos amis, te iurent par ma bouche,
Que cét obiet terrible, aux cœurs peu genereux,
Ne peut iamais auoir que des attraits pour eux ;
Et qu'ils suiuront ton sort, ou funeste ou prospere,
Iuge ayant cét esprit, s'il craint, ou s'il espere.

BRVTE.

Le doute que i'en ay, n'est pas sans fondement :
Tel homme ne craint point l'aspect du monument,
Qui craindra pour son bien, pour son fils, pour sa
    femme ;
En tous n'esclatte pas cette fermeté d'ame,
Qui pour suiure l'honneste, oblige en le faisant,
De mettre sous le pied, l'vtile, & le plaisant.
Il est diuers degrez de constance, & de force :
Il ne faut pas iuger de l'arbre par l'escorce :
L'apparence est trompeuse ; & souuent vn amy,
Qu'on estime parfait, ne l'est pas à demy.
Le temps fait tousiours voir ces choses esclaircies :
Peu de Brutes enfin, & fort peu de Cassies.

D

Crois auſſi bien que moy, que pour de ſi grands
  coups,
Il eſt peu de Romains qui ſoient ègaux à nous.
Mais grace aux immortels, ce peu nous fauoriſe :
Ie voy, ie voy deſia, le bout de l'entrepriſe :
Tous les Aſtres benins, vont au gré de nos vœux ;
Ha belle occaſion, monſtre nous tes cheueux ;
Puis qu'on te tend la main (te rendant ſecourable)
Fais nous auoir du temps vne heure fauorable.

CASSIE.

Auant que de courir le plus grands des hazards,
Nos amis aſſemblez, dedans le champ de Mars,
Deſirent ta preſence ; eſperant que ta veuë,
Appreuuera la foy, dont leur ame eſt pourueuë,
Ils penſent que ton œil inſpire la valeur,
Et que ce grand courage, augmentera le leur,

BRVTE.

Pour cette volonté qui gouuerne la mienne,
Il n'eſt rien d'impoſſible, & rien qu'elle n'obtienne.
Il eſt iuſte ; allons-y ; voyons ces vrais Romains ;
Et ioignons pour l'Eſtat, & nos cœurs, & nos mains.
Vne derniere fois allons pour nous reſoudre,
D'abaiſſer vn orgueil, ſi digne de la foudre :
Ouy, ouy, n'abuſons plus d'vn ſilence diſcret ;
Et gardons que le temps n'ouure noſtre ſecret.

Mais quel dueil est escrit sur le front de Porcie?

SCENE QVATRIESME

PORCIE, CASSIE, BRVTE.

PORCIE.

Funeste presage! ô triste prophetie!

CASSIE.

Aurois-tu descouuert ce dessein impor-
tant?

BRVTE.

Ton esprit en ma place, en auroit fait autant:
Ie lis dedans son cœur, elle voit dans mon ame:

CASSIE.

Vn secret n'est pas bien dans celuy d'vne femme.

De quel mal inconnu ſouffres-tu la rigueur?

PORCIE.

D'vn mal qui vous regarde, & qui m'oſte le cœur:
Helas! qui le croiroit, ô triſteſſe infinie!
Les Dieux ſont contre nous, & pour la tyrannie.

CASSIE.

On diroit à l'oüir, que le Ciel s'eſt ouuert:

PORCIE.

Leur courroux s'eſt fait voir au Sacrifice offert.

BRVTE.

Fais nous ſçauoir au moins qui te rend deſolée?

PORCIE.

Des marques de mal-heur, en la beſte immolee;
Ha Brute le deſtin s'oppoſe à nos deſirs;
Menace voſtre teſte, & deſtruit mes plaiſirs.

CASSIE.

Eſtrange aueuglement de ce ſiecle où nous ſommes!
O foibleſſe d'eſprit! ſtupidité des hommes;
De croire follement, que leur bien, & leur mal,
Eſt eſcrit au poulmon d'vn chetif animal;

Et que de certains Dieux, les troupes affamées,
Viennent deſſus l'Autel ſe paiſtre de fumées.
Oracle, Sacrifice, augure, vol d'oyſeaux,
Dieux du Ciel, de l'Enfer, de la terre, & des eaux,
Inuention humaine, auſſi belle que feinte,
Vous ne me donnez point de ſentiment de crainte,
Je penetre le voile, & deſcouure à trauers,
Que rien que le hazard, ne conduit l'Vniuers :
Iugez apres cela de voſtre prophetie.

BRVTE.

Ie ſeray touſiours Brute, & toy touſiours Caſſie :
Les eſcrits d'Epicure ont ſeduit ta raiſon.
Mais toy, finis vn dueil qui n'eſt pas de ſaiſon ;
Mõ cœur, tu connois bien quelque mal qui m'arriue,   *Il parle*
Que nous ſommes trop loing pour regaigner la riue ;   *à ſa fem-*
Dans la lice d'honneur il faut aller au bout.   *me.*

PORCIE.

Ouy Brute, c'en eſt fait ; mon eſprit s'y reſoud.
Il ſe rit maintenant de la force ennemie ;
Vous reſueillez en moy la conſtance endormie,
Ie veux aimer la gloire, elle plaiſt à mes yeux ;
Et laiſſer l'aduenir, dans le ſecret des Dieux.
Allez donc mon cher Brute, où l'honneur vous ap-
*   pelle ;*
Seruez bien le public, eſpouſez ſa querelle ;

Et quand vn bel exploiſt vous aura couronnez,
Oubliez ma foibleſſe, & me le pardonnez.

BRVTE.

Il entend *Allons cher compagnon, prendre cette couronne;*
de Porcie *Et ſuiure le conſeil, que la vertu nous donne.*

ACTE III.

CÆSAR, ANTHOINE, LEPIDE,
PHILIPVS, BRVTE, CASSIE,
LABEO, QVINTVS, ALBAIN,
ARTEMIDORE, CALPHVRNIE,
PORCIE.

SCENE PREMIERE.

CÆSAR, ANTHOINE, LEPIDE.
PHILIPPVS.

CÆSAR.

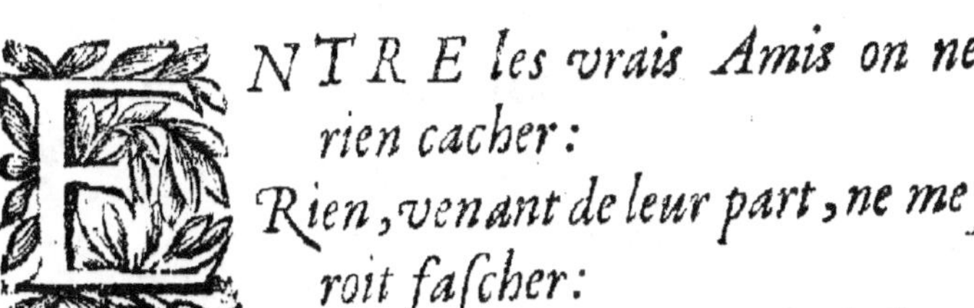

ENTRE les vrais Amis on ne doit
rien cacher :
Rien, venant de leur part, ne me sçau-
roit fascher :
I'escoute leurs aduis, franc d'orgueil & d'enuie,
Et fais de leurs Conseils des regles à ma vie.

La Chã-
bre de
Cæsar
s'ouure.

J'aime l'amitié franche, & sans déguisement;
Tout le monde chez moy peut agir librement;
Dire ses sentimens; entrer en confidence,
Et corriger ma faute auecque sa prudence
La plus forte raison peut souuent sommeiller,
Et nostre propre sens n'est pas bon conseiller:
Nostre esprit contre nous a des forces extrêmes;
Nous voyons en autruy, beaucoup mieux qu'en nous
     mesmes;
Et qui se veut sauuer d'vn si dangereux pas,
Doit croire ses Amis, & ne se croire pas.
Je fonde mon repos dessus cette maxime:
Parlez donc hardiment, vous le pouuez sans crime;
Ie tiens que c'est me rendre vn seruice important;
Je n'ay pas vn esprit qu'on charme en le flattant;
Loing de cette foiblesse, il cherche la censure,
Et caresse la main qui luy fait la blessure:
Voila comme Cæsar traitte auec ses Amis,
Or souuenez vous donc que tout vous est permis.

ANTHOINE.

Apres cette asseurance il faut que ie vous die,
Que nous auons pour vous vne amitié hardie,
Qui ne sent point l'esclaue, & qui ne sçauroit voir
Que Cæsar vse mal d'vn absolu pouuoir:
Vostre excez de bonté va iusqu'à la molesse:
(Pardonnez moy ce mot s'il est vray qu'il vous blesse)
Et vous

Et vous reſſouuenez, comme vn grand Potentat,
Se doit faire des Loix des maximes d'Eſtat :
C'eſt d'elles qu'il apprend à regir les Prouinces ;
Le peuple a des vertus, qui ſont deffauts aux Princes,
Rien ne doit eſtre égal entre ces deux humeurs ;
Ils different de rang, qu'ils different de mœurs :
Ce que l'vn aimera que l'autre le haïſſe ;
Et bref, que l'vn commande, & que l'autre obeïſſe.
Le peuple eſt inſolent quand on le traitte bien ;
La douceur vous peut nuire, & ne vous ſert de rien
Ces ames du commun, tiennent de leur naiſſance,
Inſenſibles touſiours à la reconnoiſſance ;
Les biens-faits n'ont pour eux, que de foibles appas,
Si bien que le plus ſeur eſt de les tenir bas.
C'eſt le moyen de faire, en viuant de la ſorte,
Que voſtre authorité ſoit touſiours la plus forte ;
La rigueur les inſtruit ; leur monſtre le deuoir ;
Et leur oſte le vice, auecque le pouuoir.
Vn eſprit populaire, eſt ſouple dans la peine,
Et ſemblable au Lyon, il eſt doux à la chaine ;
Il reconnoiſt ſon Maiſtre ; & pareil en ce point,
Il le craint, & le ſuit ; mais il ne l'aime point.
Il a touſiours dans l'ame vne vieille querelle,
Pour ceſte liberté qui luy fut naturelle,
Et tout vſurpateur, apres l'auoir ſouſmis,
En comptant ſes ſubiets, compte ſes ennemis,

E

CÆSAR.

Si ce discours est vray, c'est pour la tyrannie :
Mais quand ie regirois des Tigres d'Hircanie,
Auecques la douceur dont ie les ay traittez,
Ie les desarmerois de tant de cruautez.
Quel bien pouuoit auoir cette franchise antique,
Que ie n'aye augmenté dans nostre Republique ?
Suis-je auare, ou cruel ? ay-je soüillé mes mains,
Par le desir de l'or, ou du sang des Romains ?
Et hors le seul honneur de ce grade où nous sommes :
Ay-je rien au dessus du vulgaire des hommes ?
Ils m'ont fait Dictateur, ie vis en Citoyen ;
I'oblige tout le monde, en ayant le moyen ;
Pour leur donner la paix, mon esprit est en guerre,
Et faut que mes soucis courent toute la terre :
Ha ! que ie connois bien au mal que i'ay pour eux,
Que le plus esleué, n'est pas le plus heureux ;
Que le champ des grandeurs, est vn champ infer-
    tile ;
Et que le vray plaisir, n'est point, s'il n'est tranquile.
Soyez de mon aduis, & changeant de propos,
Croyez que mon trauail vaut moins que leur repos ;
Et que tant de labeurs m'ont donné quelque place ;
En l'estime du peuple, & dans sa bonne grace.

ANTHOINE.

Ce peuple est vne mer, qui n'a rien d'arresté;
On doit craindre l'effet de sa legereté :
Il se lasse de tout ; & son ame inconstante,
Entre aimer & haïr, paroist tousiours flottante;
Il est à qui luy donne : on vous le peut rauir,
Par le mesme metal qui vous en fait seruir:
Et porter sa foiblesse à la fatale enuie,
De vous oster vn iour, & le Sceptre, & la vie;
Il faut leuer le masque, en luy donnant terreur;
Et prendre le pouuoir, & le nom d'Empereur.

CÆSAR.

Ce remede est fascheux, il a trop d'amertume :
C'est insensiblement que le ioug s'accoustume,
On doit tromper le peuple auec dexterité,
Comme on oste aux oiseaux la douce liberté ;
Esperer tout du temps; le choisir, & l'attendre;
Et cacher les filets, qui le doiuent surprendre.
Au reste, pour mes iours i'en regarde la fin,
Comme vn point resolu de l'arrest du destin;
Et tiens par le discours dont mon ame est pourueë
Que la plus douce mort, est la plus impreueuë.

LEPIDE.

Acheuons de parler, sans perdre le respect:

CÆSAR.

Dittes tout, chers amis:

ANTHOINE.

Brute nous est suspect:
C'est apres voftre rang, que son ame souspire.

CÆSAR,

Il est certain que Brute, est digne de l'Empire;
Mais il attendra bien que le Ciel en son cours,
Mette sur l'horison le dernier de mes iours:
Ie suis mon ennemy, s'il est mon aduersaire.
Ha! que vous traittez mal vne vertu sincere,
Qui souuent espreuuée, est sans comparaison;
Et qu'on ne peut chocquer, qu'en chocquant la raison.

ANTHOINE.

Face le iufte Ciel, que nos peurs soient friuoles,
Et que l'euenement s'accorde à vos paroles.

PHILIPPVS.

Le Sacrifice est preft.

CÆSAR.

Allons prier les Dieux,
De vous ouurir son cœur, ou de m'ouurir les yeux. La Chã-
bre se re-
ferme.

SCENE
SECONDE.

BRVTE, CASSIE, LABEO, QVINTVS, ALBIN, ARTE-MIDORE.

BRVTE.

I E croirois faire tort à vos cœurs inuin-
cibles,
De tascher par discours de les rendre
sensibles;
Ils aiment trop l'honneur, pour ne le suiure pas,
Quand vn si beau sentier conduiroit au trespas:

Auſſi voſtre valeur m'eſtant trop bien connuë,
Je ne dis rien, ſinon qu'en fin l'heure eſt venuë,
Où la force, l'eſprit, l'amour, & le deuoir,
En faueur du pays ſe pourront faire voir.
Ouy, c'eſt en ce grand iour, ſi digne de memoire,
Qu'il nous faut couronner par les mains de la gloire;
Elle nous y ſemond; & iamais de guerriers,
Ne pûrent obtenir de ſi dignes lauriers.
Nous ſauuons en ce iour, par la perte d'vn homme,
Non pas nous ſeulement, mais l'Empire de Rome:
Et quand ce haut deſſein nous deuiendroit fatal,
C'eſt viure que mourir, pour le pays natal.
Employons donc pour luy toute noſtre induſtrie;
Il s'agit de ſauuer, & nous, & la Patrie;
Il s'agit de ſauuer encor la liberté,
Qui vaut plus que le bien, & plus que la clarté;
Sus donc braues Romains, acheuons l'entrepriſe;
Le mal eſt arriué ſur le point de ſa criſe;
Il faut pour nous guarir faire vn dernier effort,
Qui nous face treuuer le naufrage ou le port.
Mais de quelque façon que ſoit voſtre fortune,
Brute qui vous cherit, la veut auoir commune;
Il vous donne ſa foy qui ne ſçauroit changer;
Il veut le meſme bien, ou le meſme danger;
Et dans ce beau deſſein où l'honneur nous embarque,
Rien ne vous l'oſtera que les mains de la Parque:
Mais il croit bien auſſi que vos cœurs genereux,
Auront touſiours pour luy, l'amour qu'il a pour eux.

CASSIE.

Il est temps de parler, l'honneur vous le commande;
Maintenant vostre esprit a tout ce qu'il demande ;
Brute s'est expliqué ; tesmoignez auiourd'huy,
Qu'on ne sçauroit rien craindre estant auecques luy:
Pour moy ie luy promets que l'aspect des tortures,
Ny l'aigre sentiment des peines les plus dures,
Ne pourront esbranler mon courage affermy :
Et d'auoir le premier du sang de l'ennemy.

LABEO.

Mon cœur est dans mes yeux ou ie veux qu'on le
  voye,
Sçachant qu'il y paroist plein d'ardeur & de ioye ;
Desia depuis long temps on l'oyoit souspirer,
Dans les pensers d'vn bien qu'il n'osoit esperer :
Mais puis que Brute parle, & qu'vne si grande ame,
Brusle du mesme feu dont la mienne est en flame,
Est-il quelque plaisir qui se compare au mien ?
N'oseray-ie pas tout ? & puis-ie craindre rien ?
Non, non, pour obtenir cette glore immortelle,
Il ne manquera pas d'vn seruice fidelle ;
Les hommes comme nous ne sçauent point trahir :
C'est à luy d'ordonner, c'est à nous d'obeyr.

QVINTVS.

Quand l'Ennemy commun feroit inuulnerable,
Mon bras entreprendroit fa deffaite honorable;
L'œil de Brute m'infpire, vn defir violent,
Qui treuue que le temps n'a fon vol que trop lent:
Vne iufte colere excite mon courage,
Apres ce haut exploict qui va finir l'orage;
Et ie ne me veux plus eftimer vray Romain,
Que le fang de Cæfar, n'ait fait rougir ma main.

ALBIN.

Brute ne fçait-il pas que mon ame mefprife,
L'amitié du Tyran, pour auoir la franchife?
Et que foulant aux pieds tant de threfors offers,
Ie romps auecque luy, pour rompre enfin nos fers?
Il m'aime (il eft certain) mais fans ingratitude,
Ie puis à fa ruine appliquer mon eftude,
Le foible cede au fort; & le premier deuoir,
Fait pancher la balance, ayant plus de pouuoir:
L'amour de la Patrie, emporte tous les autres;
Et pour le faire court, mes deffeins font les voftres.

BRVTE.

Il fuffit, chers Amis, ie me tiens fatisfaict:
Mais auant que nos mains en viennent à l'effect,
De grace

De grace, qu'vn de vous, que la prudence guide,
Ait soin d'oster Anthoine, & d'esloigner Lepide;
Ie connois leur courage il est & haut & franc;
Et puis nostre courroux ne veut pas tant de sang;
Nous voulons que d'vn seul, la trame soit coupée;
Contre vn seul la Iustice esleue son espee;
Il n'en faut pas venir à l'extreme rigueur.

ALBIN.

Ie suiuray le chemin que m'enseigne vn grand cœur.

BRVTE.

De crainte d'estre veus que chacun se desrobe;
Et que tous aillent prendre vn poignard sous la robe;
Car i'ay desia le mien:

CASSIE.

Nous en auons aussi.

BRVTE.

Allons; cela va bien; retirons nous d'icy:
La fortune souuent fauorise le crime:
Allez dans le Senat, attendre la victime;
Ma main veut à ce iour la conduire à l'autel,
Et pour vous sauuer tous, donner le coup mortel.

F

SCENE
TROISIESME.
ARTEMIDORE.

Il les ef-
coutoit
caché
derriere
vne colô-
ne.

*V'AY-ie entendu, bons Dieux! est-il
 bien veritable,
 Que ie n'ay point songé ce conseil detesta-
 ble?*

O l'estrange dessein! ô l'horrible attentat!
Ils parlent de sauuer, & vont perdre l'Estat:
Mais, sans perdre moy-mesme vn temps si neces-
 saire,
Descouurons à Cæsar ceste importante affaire,
Afin que sa prudence ait loisir d'y pouruoir:
Il semble que les Dieux m'enseignent mon deuoir.

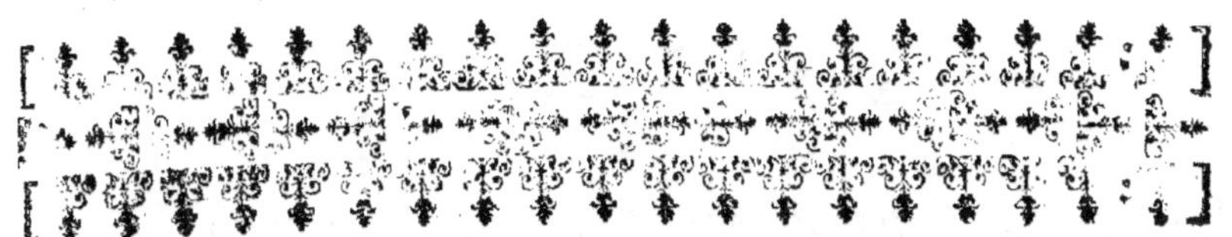

SCENE
QVATRIESME.

CALPHVRNIE, PORCIE,

CALPHVRNIE.

IL *est vray que le temps ait mis en vos*
pensées,
Vn oubly general des affaires passées,
Et que ce grand esprit que l'on remarque
en vous,
Ne garde pour Cæsar, ny haine, ny courroux;
Ie vous coniure au nom de la pudique flame,
Que vous auez au cœur, & que ie porte en l'ame,
D'auoir quelque pitié de l'extrême douleur,
Que mon visage blesme a peinte en sa couleur;
Pour vne vision qui m'a prise endormie:
Et de me descouurir en veritable Amie,

Si l'on n'auroit rien dit dedans voſtre maiſon.....

PORCIE.

Elle l'in-
terrom-
pit.

Q uoy! vous nous ſoupçonnez de quelque trahiſon?
H a! ie ne puis ſouffrir vne ſi rude offence:
Brute a trop de vertu, qui parle en ſa deffence;
Et ſans doute Cæſar qui connoiſt bien ſa foy,
Apprenant ce diſcours, s'en plaindra comme moy:
Ouy, ouy, ie luy diray, l'outrage inſuportable,
Qu'endure en noſtre endroit l'amitié veritable:

CALPHVRNIE.

N'importe; vn grand mal-heur le menace auiour-
d'huy;

Elle s'en
va.

Et la peur que i'en ay m'appelle aupres de luy.

PORCIE.

Elle dit
ces vers
par iro-
nie.

Qu'elle ſçait dextrement d'vn artifice extréme,
Surprendre les ſecrets que l'on cache en ſoy meſme!
O Dieux! qu'elle a d'adreſſe, & qu'il eſt mal-aisé
D'euiter les filets de cét eſprit rusé!
Choſe eſtrange pourtant, qu'elle ait veu par le ſonge,
Cét enfant du ſommeil, ce pere du menſonge,
Vn deſſein qui n'eſt ſceu que des Dieux ſeulement:
Ce prodige nouueau confond mon iugement

Resueille ma douleur, & ma crainte endormie;
Las : aurons nous tousiours la fortune ennemie?
Il faut aduertir Brute; ô Dieux qui cornoissez,
Que d'vn iuste desir nos esprits sont poussez,
Regardez de bon œil l'entreprise aduancee,
Et la faites finir comme elle est commencée.

F iij

ACTE IV.

CÆSAR, ANTHOINE, LEPIDE,
BRVTE, CALPHVRNIE, PORCIE,
ARTEMIDORE, ALBIN, CASSIE,
LABEO, QVINTVS, CHOEVR
D'AVTRES SENATEVRS.

SCENE PREMIERE.

CÆSAR, ANTHOINE, LEPIDE,

CÆSAR,

POVR ce mal aduenir, dont ie suis me-
nacé,
Il m'estonne aussi peu, comme a faict le
passé:

Et mon esprit esgal, sans tristesse, ny ioye,
Voit tousiours d'vn mesme œil ce que le Ciel m'enuoie:
A quoy sert aux mortels de vouloir murmurer
Contre vn mal necessaire, & qu'il faut endurer?
Si l'on doit voir la fin de leurs tristes années,
Veulent-ils appeller des loix des destinées?
Arrester le Soleil au milieu de son cours?
Et forcer la Nature à leur donner des iours?
Il faut que la raison face mieux son office:
Et quelque signe affreux qu'ait eu le sacrifice,
C'est a moy d'obeïr, & de baisser les yeux,
Remettant ma fortune entre les mains des Dieux:
Elles m'ont empesché de voir mes funerailles,
Dans le sanglant peril de prés de cent batailles,
De plus de mille assauts, & de tant de dangers.
Que l'on m'a veu courir aux climats estrangers,
Or les Dieux n'ont-ils pas (pour estre en ma deffence)
Et la mesme douceur, & la mesme puissance?
S'ils veulent me sauuer, qui peut me faire mal?
Et qui me peut sauuer si mon sort est fatal?
Ie ne m'afflige point d'vne crainte inutile;
Mon ame est en repos; mon esprit est tranquille;
Et la mesme raison qui me fait discourir,
Ne m'apprend-elle pas que Cæsar doit mourir?
I'auray le mesme sort du fondateur de Rome:
Car ce nom de Cæsar n'oste point celuy d'homme:
Mais ie ne me plains pas d'vn si foible pouuoir;
I'ay cherché de la gloire, & ie crois en auoir:

Il prend fatal pour mal heureux.

Or comme elle est durable, & d'essence immortelle,
C'est de là que i'attends que la mienne soit telle :
C'est par là que mon cœur se mocque du trespas,
Et par là seulement Cæsar ne mourra pas.
Cessez donc, chers Amis, d'auoir l'esprit en peine ;
Soit la mort que i'attends, ou bien proche, ou loing-
  taine,
Il m'est indifferent quand i'en seray vaincu ;
Celuy ne meurt point tost qui n'a pas mal vescu :
Assez longue est la vie, estant faite assez bonne ,
Et qui plustost la passe a plustost la couronne :
C'est là que l'enuieux laisse l'homme de bien :
Et pour estre en estime, il faut n'estre plus rien.
Ainsi donc soit ma fin, naturelle, ou contrainte,
Ie la verray venir sans tristesse, ny crainte ;
Et ne m'importe pas si la Parque m'abat,
Au lict, au Capitole, ou dedans vn combat,
Le genre different ne fait rien à la chose.

ANTHOINE.

Par vn si beau discours i'aurois la bouche close,
Si l'amitié de flame en voulant s'exhaler,
Ne forçoit mon esprit, & ma langue à parler :
Mais ie retourne encore à ma frayeur premiere :
Vn animal sans cœur, vn Soleil sans lumiere,
Vn songe espouuentable, & qui parle de mort,
L'aigle de ce Palais, qui tombe sans effort,

Vne

Vne main de soldat qui paroist enflamée,
Qui brusle bien long-temps, & n'est point consom-
    mee,
Des signes dans le Ciel, des hibous en plein iour,
Qu'on a veu se poser sur les toicts d'alentour,
Et par des cris affreux, annoncer nos desastres:
Ce iour qu'on vous a dit que menacent les Astres;
Ces phantosmes volans qu'on a veu cette nuict,
Et vostre chambre ouuerte auec vn si grand bruit,
D'vne main inuisible, & qui n'est pas peu forte,
Ces prodiges ensemble aduenus de la sorte,
Destruissent vos raisons, & font voir à nos yeux,
Le fauorable aduis que vous donnent les Dieux:
Mais inutilement leur bonté s'est offerte:
Ils veulent vous sauuer; vous voulez vostre perte;
Le Ciel vous aduertit; vous ne le croyez pas;
Vous fuyez de la vie, & cherchez le trespas;
Que pourrions nous attendre en l'estat où nous sommes,
Si Cæsar ne croit plus ny les Dieux ny les hommes?

LEPIDE.

Ce traistre qui s'approche excite mon courroux:

G

SCENE
SECONDE.

BRVTE, CÆSAR, ANTHOINE,
LEPIDE.

BRVTE.

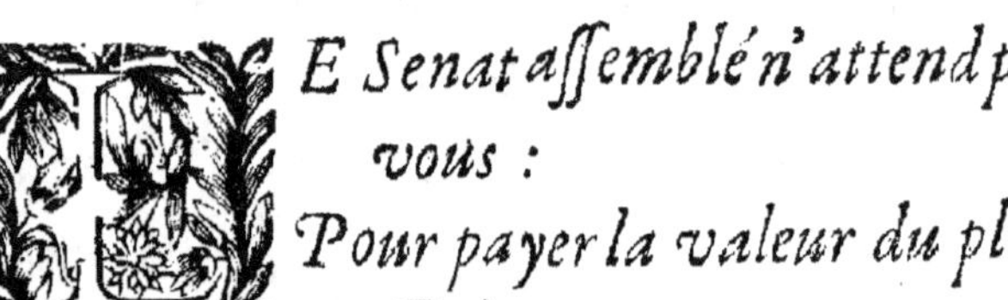

E Senat assemblé n'attend plus qu'apres
vous :
Pour payer la valeur du plus braue des
Princes,
Jl vous declare Roy de toutes ses Prouinces;
Et veut que (hors d'icy) vous ayez souuerain,
La Couronne à la teste, & le Sceptre à la main.

CÆSAR.

Ha Brute! dans le Throne où le destin m'appelle

Que feray-ie pour vous, apres cette nouuelle,
Où le cœur à l'amour vtilement se ioint ?
Ou bien pour mieux parler que ne feray-ie point?

BRVTE.

Estre chery de vous, me vaut plus qu'vn Empire;
Et c'est l'vnique gloire où mon desir aspire.

ANTHOINE.

Ie m'estonne bien fort (puis que vous l'aimez tant)
Que lors qu'il s'est agy d'vn seruice important,
Et qu'on a veu sa vie, au bout de son espée,
Que vous ayez suiuy le party de Pompée?

BRVTE.

Vous auez vn esprit qui s'estonne de rien :
Et si ie ne voyois vostre chef & le mien,
Ie sçaurois vous tirer de merueille & de doute :
Mais nous sommes dãs Rome, & Cæsar nous escoute.

LEPIDE.

Ce silence est timide, autant qu'il est discret :
Respondre sans respondre est vn fort beau secret;
Mais vous estes pourtant (ou mon ame est trompée)
Le gendre de Caton , & l'Amy de Pompée.

BRVTE.

Ie fus & l'vn, & l'autre, & le tins à bon-heur:
Maintenant ie suis Brute, & fort homme d'honneur.

ANTHOINE.

On chante voſtre nom, du Tibre, iuſqu'au Tage:

CÆSAR.

Tout beau; ie vous deffends de parler dauantage:
Anthoine, oubliez vous ce qu'on doit au respect?
Allons ie vay monſtrer ſi Brute m'eſt ſuſpect.

SCENE

TROISIESME.

CALPHVRNIE, CÆSAR, BRVTE,

ANTHOINE, LEPIDE,

CALPHVRNIE.

Æ S A R, ne sortez point, ou bien sortez
  en armes ;
Hé de grace donnez quelque chose à mes
  larmes :
Remettez auiourd'huy le Senat à demain :
Y va-t'il du salut de tout le genre humain,
Que vous n'en puißiez pas differer l'assemblée,
Afin de rendre calme vne ame si troublée,
Et destourner l'effect d'vn songe infortuné,
Qui m'a dit que Cæsar doit estre assaßiné:
Il faut absolument que Monseigneur demeure,
Ou qu'il prenne vn poignard, & que sa femme meu-
  re.

CÆSAR.

Brute, que ferons nous, la dois-ie contenter?

BRVTE.

Dieux, vn si fort esprit se laisse donc tenter!
Quoy pourrez vous souffrir qu'on dise auecques
   blasme,
Que Cæsar croit, & craint, les songes d'vne femme?
Et vous mesme vous faire vn si sanglant affront,
Qu'il s'attaque aux Lauriers qui vous ceignent le
   front.
Ha! reiettez bien loing cette fatale enuie:
Qui peut voir à regret vne si belle vie?
Et lequel des mortels oseroit conceuoir
Seulement vn penser contre voftre pouuoir?
Non, non, esperez mieux des bonnes destinées:
Autant que de vertus, Cæsar aura d'années:
Et si le sort luy seul ne se rend criminel,
Pour le bien du public vous serez eternel.
Acheuez donc Cæsar vne importante affaire:
Ou venez dire au moins que le Senat differe:
Si le foible soupçon attaque vn si grand cœur.

CÆSAR.

Ce Brute ardent & prompt est tousiours le vainqueur:

Ie le veux bien; sortons: vne si courte absence,
Ne viendra pas about de vostre patience;
Vne heure de conseil suffira pour ce iour:

*Il parle
à sa fem-
me.*

CALPHVRNIE.

Ce funeste départ, n'aura point de retour:
O desloyal flateur! dont son ame obsedée,
Se treuue pour sa perte, aueuglement guidée,
Puisse-tu receuoir le loyer merité;
Et le Ciel punissant ton infidelité,
Te rende (mal-heureux) le mespris de la terre,
La haine des mortels, & l'obiet du tonnerre.

*La chã-
bre se re-
ferme.*

SCENE
QVATRIESME.
PORCIE.

E succombe, il est vray, dans vn si haut
　　　dessein :
I'ay deuant que Cæsar vn poignard dans
　　　le sein :
Desirs impatiens, cruelle incertitude,
Espoir, crainte, douleur, tristesse, inquietude,
Tyrans de mon esprit, regnerez vous long temps ?
Accordez moy la mort ou le bien que i'attends :
C'est trop tenir (grands Dieux) vne ame à la tor-
　　　ture :
Tous les maux (prés des miens) ne le font qu'en pein-
　　　ture :
Et le plus tourmenté des hostes des Enfers,
Le seroit dauantage en ceux que i'ay souffers.

Aussi

Aussi quelque secours que la raison me donne,
Ie sens bien qu'elle est foible, & qu'elle m'abandon-
   ne;
Et quand tout l'Vniuers entendroit mes clameurs,
Il faut que ie me plaigne, & dise que ie meurs.
Ha Brute! vn prompt retour nous est bien neces-
   saire.
Vous me faictes mourir, auec nostre aduersaire;
Et bien que le discours face vn puissant effort.
I'aimerois mieux souffrir, Cæsar, que vostre mort.
Sortez de mon esprit foiblesse infortunée;
Vous desplaisez à Brute, il vous a condamnée;
Pourquoy retournez vous? fuyez, fuyez d'icy;
Ie veux bien esperer, Brute le veut ainsi,
O nouuelle agreable, autant que souhaitée,
Ie vay voir si quelqu'vn ne t'a point apportée.

H

SCENE
CINQVIESME.

BRVTE, CÆSAR, ANTHOINE,

LEPIDE.

BRVTE.

INSI tant de desirs ont penetré les
Cieux :
Et le Senat en fin inspiré par les
Dieux,
Suiuant des immortels la sagesse profonde,
Va faire en ce beau iour le plus grand Roy du mon-
de.
Ha! qu'il fera bon voir vostre extreme bonté,
Au milieu de la pompe, & de la Maiesté,
Temperer doucement cette grandeur seuere ;
Faisant aimer le Throsne autant qu'on le reuere.

Ha ! que de grands exploicts ; ha ! que de hauts pro-
   iects ;
Je meurs que ie ne suis desia de vos subiects ;
Voyant en vous des Dieux vne viuante image,
Quel sera l'insensé qui ne vous rende hommage ?
Et qui ne preferast (loing de le desdaigner)
L'honneur de vous seruir à celuy de regner ?

CÆSAR.

Ha Brute ! si i'arriue à cette heure opportune ;
Que vous aurez de part à ma bonne fortune :
Il ne vous manquera que le seul nom de Roy ;
Grade, que vos vertus vous donnent apres moy.

BRVTE.

Sur mon peu de valeur, ie regle mon attente :

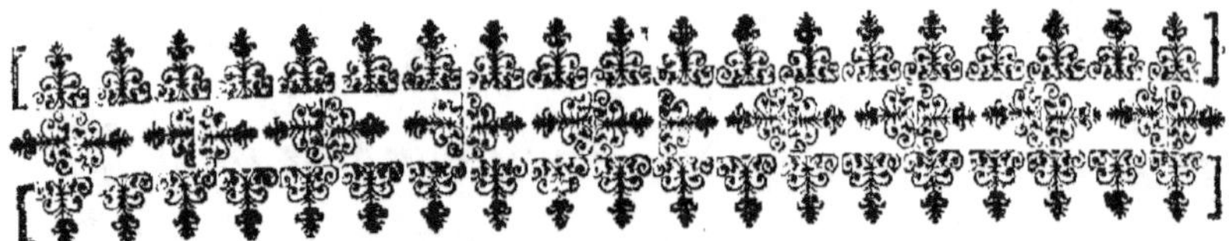

SCENE
SIXIESME.

ARTEMIDORE, BRVTE, CÆ-
SAR, ANTHOINE, LEPIDE,
CASSIE, LABEO.

ARTEMIDORE.

E viens pour t'aduertir d'vne affaire
   importante ;
Cæsar, prens ce billet ; & le lis prompte=
   ment.

BRVTE.

Faisons agir l'adresse auec le iugement ;
La mine est esuentée, ou mon ame est deceuë :
Labirinthe des grands n'auras-tu point d'issuë ?
Ne peut-on esuiter vn soing si desplaisant ?
Deschargez vous la main d'vn fardeau si pesant ;

Si fascheux à souffrir, & si peu necessaire;

CÆSAR.

Lisez:

BRVTE.

Ha! l'impudence; ô l'importante affaire!
Luy qui veut vne charge est digne de l'auoir:
Mais voicy le Senat qui vient vous receuoir;
Meslez vn peu le graue auec la modestie:

Il feind
de se mo-
quer.

SCENE
SEPTIESME.
ALBIN, ANTHOINE, LEPIDE.

ALBIN.

V certain messager, estant venu d'Ostie,
Vous cherche & l'un & l'autre, il dit
estre pressé,
Ie vous en aduertis:

ANTHOINE.

où l'auez vous laissé?

ALBIN.

Au pied de l' Auentin, prest d'entrer dans la place:

LEPIDE.

Allons voir ce qu'il veut:

ANTHOINE.

Albin ie vous rends grace.

ALBIN.

Ouy, tu me la dois rendre, auec beaucoup d'amour,
Puis que ce faux aduis te conserue le iour.
Entrons, pour auoir part à la prochaine gloire,
Comme nous en aurons aux fruicts de la victoire.

SCENE
HVICTIESME·

CÆSAR, BRVTE, CASSIE, LABEO,
QVINTVS, ALBIN, CHOEVR
D'AVTRES SENATEVRS.

CÆSAR.

V'ON ne m'en parle plus ; Cimber est La salle
criminel : du Senat
Ie m'oblige en ce lieu d'vn serment so- s'ouure.
    lemnel,
De n'accorder iamais cette iniuste requeste ;
Qu'il garde son exil, s'il veut garder sa teste.
Ie suis clement, mais iuste ; on se doit souuenir,
Comme ie sçay payer, que ie sçauray punir.
Me preseruant les Dieux de la honteuse tache,
Qu'imprime aux Dictateurs, le commandement
    lasche ;

Vne telle priere est digne de mespris :
Elle doit s'adresser à de foibles esprits,
Mais non pas à Cæsar ; qui sans craindre personne,
Suit tousiours les conseils que la vertu luy donne :
Quoy Brute, est-ce la donc ce qu'on vous a promis ?

CASSIE.

Il s'apro-
che de
Cæsar. He ! donnez quelque chose aux pleurs de ses Amis ;
Cæsar, ayez pitié d'vne extreme infortune :

CÆSAR.

Il le re-
pousse. Allez ; retirez-vous ; ce discours m'importune :

CASSIE.

Puis que tout le Senat, doit subir cette loy,
Prens ce premier hommage en qualité de Roy.

CÆSAR.

Ha ! perfide Casca, bons Dieux que veux-tu faire ?

CASSIE.

Ils tirent
tous des
poi-
gnards. Purger Rome d'vn Monstre ; assiste moy mon frere.
BRVTE.

BRVTE.

Brute que tu cheris te veut oster d'icy,
Ce coup t'est fauorable :

Cæsar s'en-
uelope de sa
robe suiuant
l'histoire.

CÆSAR.

Et toy mon fils aussi ?

La salle se
ferme pour
n'onsanglan-
ter pas la fa-
ce du Thea-
tre, contre les
regles.

BRVTE.

Il est mort; c'en est fait; le voila sans parole :
Pour nostre seureté, montons au Capitole.

Ils sortent
tous auec le
poignard sã-
glant à la
main apres
auoir tué
Cæsar.

I

ACTE V.

ANTHOINE, LEPIDE, CALPHVR-
NIE, EMILIE, PHILIPPVS, BRV-
TE, CASSIE, PORCIE, LE SENAT
EN CORPS, COEVR DE PEVPLE
ROMAIN.

SCENE PREMIERE.

ANTHOINE, LEPIDE.

ANTHOINE.

OV BSONS trop bien fondez, doubtes
trop esclaircis,
Que pour n'estre pas creus, nous aurons de
soucis!

Deplorable Cæsar, que i'ay bien connoissance
Qu'vn Astre mal-heureux esclaira ta naissance
O comme la fortune a monstré son pouuoir!
Elle ne t'esleua que pour te faire choir.
Dieux, ne sçauois-tu point la maxime importante,
Que puis qu'elle estoit femme elle estoit inconstante?
Qu'elle aime pour trahir, se plaist au changement,
Et fait tout par caprice, & rien par iugement.
Helas fresles Grandeurs, pompe mal-asseurée,
Belle flame d'esclair, de si courte durée,
Quiconque en te seruant, perd son temps, & ses
  pas,
Monstre certainement qu'il ne te connoist pas.
Mais comme des Nochers qu'enuelope l'orage,
Prenons pour nous sauuer le debris du naufrage,
Et taschons d'exciter d'vn genereux transport,
Le peuple comme nous, à vanger cette mort:
Faisons voir que Cæsar vit en nostre memoire,
Peignons ses assassins d'vne couleur si noire,
Que le peuple irrité, contre l'acte commis,
Aille espandre le sang de tous ses ennemis.
Nostre antique amitié demande cét office;
Et cét Heros merite vn si grand sacrifice.
Ouy Brute desloyal, esprit double & peruers,
Ce bras t'ira chercher au bout de l'vniuers,
Despeschons vn Courrier afin d'auoir Octaue;
Il nous est necessaire, il est ieune il est braue;

Et puis le ſang l'oblige apres vn tel mal-heur,
De ioindre ſon courage auec noſtre valeur.

LEPIDE.

Allons allons Anthoine, où ce penſer nous mene,
Nous trois aurons en main la puiſſance Romaine:
Le trauail & l'honneur feront pris en commun :
Et ces traiſtres auront trois Maiſtres, au lieu d'vn.

ANTHOINE.

Pour le bien de l'Eſtat, il nous y faut reſoudre :
Ouy, contre ces Titans, ie prepare vne ſoudre ;
Mais foudre d'eloquence, & qu'il leur fara voir,
Qu'elle a deſſus l'eſprit vn merueilleux pouuoir.
Allons parler au peuple, afin que ie l'anime,
Par le ſanglant pourtraict d'vn ſi funeſte crime.

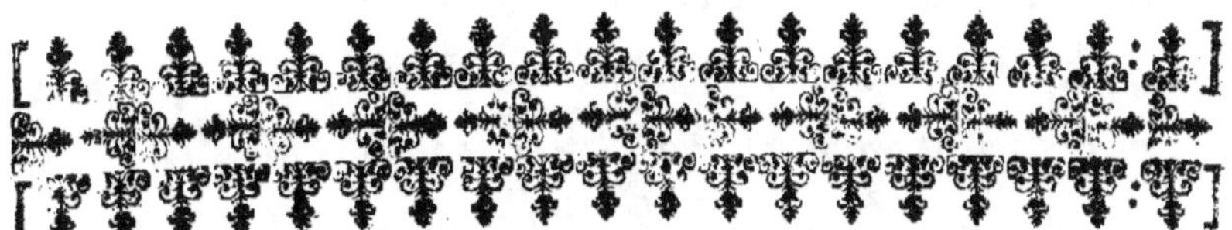

SCENE
SECONDE.

CALPHVRNIE, EMILIE.

EMILIE.

E remede d'vn mal qu'on ne peut empef-
    cher,
C'eſt de n'y ſonger pas, & de n'en plus
    chercher :
Madame, au nom des Dieux, vn peu de reſiſtance :
A ce coup de mal-heur oppoſez la conſtance ;
Et ne pouuant ſauuer cét excellent eſpoux,
En ſauuant la raiſon, Madame, ſauuez-vous.

*La Chã-
bre de
Calphur
nie s'ou-
ure elle
eſt en
dueil.*

CALPHVRNIE.

Ce Conſeil criminel, me feroit criminelle :
La plainte que ie fais ie dois rendre eternelle :

 # LA MORT

On voit touſiours aux cœurs qui furent bien vnis,
La triſteſſe infinie aux mal-heurs infinis.
Ouy, le deuoir m'oblige à viure de la ſorte:
La douleur la plus iuſte eſt icy la plus forte,
Apres auoir perdu ce genereux Hector,
C'eſt eſtre ſans raiſon, que d'en auoir encor.
Perdre Cæſar bons Dieux! qui peut auoir enuie,
Apres cét accident de conſeruer ſa vie?
Et de quelque propos qu'on flatte ſon mal-heur,
Eſt-il quelque plaiſir apres cette douleur?

EMILIE.

Ouy, Madame, il en eſt.

CHALPHVRNIE.

Ie le crois impoßible.

EMILIE.

Vous en gouſterez vn, bien grand, & bien ſenſible,
Lors que ces aſſaßins, ces Tigres furieux,
Sentiront à leur tour la colere des Cieux:
O que voſtre ame alors ſe trouuera changée,
En les voyant punis, & vous voyant vangée!
Toutes les voluptez que cherchent nos deſirs;
Les obiects dont les Sens font naiſtre leurs plaiſirs:
Les biens, ny les grandeurs, n'ont rien qui ſe compare,
Aux douceurs qu'õ eſpreuue en la mort d'vn barbare,

Quand il nous a rauy (par la rage animé)
Celuy qui nous aimoit, comme il estoit aimé.
Madame, viuez donc, puis que cette esperance,
N'estant pas sans raison, n'est pas sans apparence,
Suspendez la douleur puis qu'il vous est permis;
Et ne vous perdez point qu'apres vos ennemis.

CALPHVRNIE.

Chere ombre, qui peux voir dans vne ame fidelle,
Et l'amour immortel & la haine immortelle,
Joints ta main à la mienne, & me viens secourir,
Puis que ie ne vy plus, que pour les voir mourir.

SCENE

TROISIESME.

PHILIPPVS, CHALPHVRNIE, EMILIE,

PHILIPPVS.

E Senat & le peuple :

CALPHVRNIE.

La châ-
bre se re-
ferme.

Ha! ce discours me tuë :
Mais si faut-il pourtant que mon cœur s'euertuë :
Ie t'entens bien ; faisons au delà du pouuoir ,
Pour rendre au grand Cæsar ce funeste deuoir.

SCENE

SCENE
QVATRIESME.

BRVTE, CASSIE.

BRVTE.

ES hommes sans courage, & pleins d'in-
  gratitude,
Sont dignes de leur honte, & de leur ser-
  uitude :
Loing de briser le ioug qu'on leur auoit osté,
Les lasches ont horreur, du nom de liberté :
Helas ! vois quelle force, & quel espoir nous reste :
Ils iugent ta presence, & mon abord funeste,
Rien ne peut releuer leur esprit abatu :
Et ie ne voy pour nous que la seule vertu.
Vne molle tristesse est peinte en leur visage ;
Et l'effet a suiuy le funeste presage.
Infames cœurs faillis, esclaues sans honneur,
Sçachez qu'en me fuyant, vous fuyez le bon-heur,
K

Que vous allez rentrer deſſous la tyrannie,
Et que le repentir ſuiura l'ignominie.
Mais à qui ces diſcours veulent-ils s'addreſſer?
Inſenſibles qu'ils ſont, que ſert de les preſſer?
La valleur, & nos loix, ſe treuuent meſpriſées;
Les Romains ne ſont plus que femmes deſguisees;
Et ne voyant en eux qu'artifice, & que fard,
Il leur faut la quenoüille, & non pas le poignard.
Et bien, ſeruez meſchants, contentez voſtre enuie:
Faites qne voſtre mort s'eſgale à voſtre vie:
Publiez hautement que Cæſar a vaincu,
Et mourez dans les fers où vous auez veſcu.
Ployez ſous la grandeur de quelque nouueau Mai-
   ſtre;
Adorez ſon merite auant que le connoiſtre;
Allez baſtir ſon Throſne, allez baiſer ſes pas;
Il n'importe, pourueu que Brute n'en ſoit pas.
Ie garde encor ce fer pour vn nouueau Monarque:
Son Empire eſt ſujet à celuy de la Parque:
Et bien que vos aduis ſe treuuent differens,
Ie ſuis touſiours moy-meſme, enuers tous les Ty-
   rans.
Que le peuple me quitte, & que le ſort me braue,
Brute peut bien mourir, mais non pas en Eſclaue:
Dans le chemin d'honneur, eſtant trop aduancé,
On le verra finir comme il a commencé.

Il mõſtre
ſon poi-
gnard.

CASSIE.

Tous ceux que ta valeur attache à ta fortune,
Sont Nochers, que iamais n'a fait paſlir Neptune:
Quand l'Vniuers contr'eux ſe verroit coniuré,
L'Vniuers les verroit d'vn viſage aſſeuré.
Leur ame grande & forte, incapable de change,
Taſche de meriter vne iuſte louange;
Si bien que la fortune, auec tout ſon pouuoir,
Ne ſçauroit les oſter du chemin du deuoir.
Marche (ſi tu le veux) apres noſtre ſortie,
Vers les climats loingtains de la froide Scithie,
Cherche (ſi tu le veux) quelque meilleur deſtin,
Dans ceux que le Soleil viſite le matin,
Nous te ſuiurons par tout; & ſçaches que noſtre ame,
Meſpriſera pour toy, le fer, l'onde, & la flame;
Oublira le pais, les parens, & le bien;
Fais donc quand tu voudras, noſtre deſtin du tien.

BRVTE.

Sortons, mon cher Amy, de ceſte infame Rome,
Ou le vice eſt maſqué ſous le viſage d'homme,
Où l'auarice regne auec la laſchete;
Où l'on voit chacun libre, & point de liberté?
Où le Crime impuny monſtre ſon inſolence;
Ou la vertu gemit ſous vn honteux ſilence;

Il entend
par libre,
vicieux.

Et bref, où les forfaicts, ar-…ent à tel point.
Que pour estre innocent, il faut ne l'estre point.
Allons vers Antium, former vn corps d'armée :
Il naistra des Soldats de nostre Renommée :
Assemblons nos Amis ; partons en combattant :

CASSIE.

Ie m'en vais les trouuer ;

BRVTE.

I'y suis dans vn instant.

Porcie
arriue.

SCENE
CINQVIESME.
BRVTE, PORCIE,

BRVTE.

E N ce nouueau trauail, que le destin me
    donne,
Il faut, helas! il faut, que Brute t'a-
    bandonne;
Ce mal persecutant, que rien n'a diuerty,
Est le plus grand des miens, & le plus ressenty.
Je quitterois la vie, auecques moins de peine:
Mais quoy, la destinée est tousiours souueraines;
Il luy plaist, il le faut: que sert de reculler?
L'arrest est prononcé, ie n'en peux appeller.

PORCIE.

Brute s'en va partir! ô tristesse infinie!

BRVTE.

De la mort d'vn Tyran, renest la tyrannie:

Son sang enuenimé fait reuoir auiourd'huy,
En despit de ma main, des monstres comme luy.
L'esclat de ma vertu les choque, & leur fait ombre,
A faute de raison on la vainc par le nombre :
Et ie me vois forcé de partir de ce lieu,
(Au moins si sans mourir ie peux te dire Adieu)
De quelque bon discours dont mon ame se pare,
Elle sent la rigueur du coup qui la separe,
Ie reste sans constance en l'estat ou ie suis,
Et ie succombe enfin souz l'effort des ennuis.
Ouy partir sans douleur m'est vn acte impossible,
Je perds en te quittant, le titre d'inuincible,
Et malgré ma raison, ie me sens arracher,
Il entend ses lar- mes. Ce que l'honneur m'oblige encor de te cacher.
Mais toy chere Porcie, en ce funeste orage,
Prens ce que ie n'ay plus ; sers toy de mon courage,
Fais agir ta vertu dans vn sort si douteux ;
Mon amour le permet, ie n'en suis point honteux.

PORCIE.

On verra que ie suis (quoy que l'on execute)
La fille de Caton, & la femme de Brute :
Que l'Vniuers entier s'assemble contre toy,
Aussi bien que ton cœur subsistera ma foy.
La peine la plus grande & la mieux inuentée,
Dont l'ame d'vn mortel puisse estre tourmentée,
Me verra conseruer tout ce que i'ay promis,
Et ie feray paslir tes plus fiers ennemis.

Ma force, & ta vertu feront honte à leur vice;
Ie treuueray la gloire au milieu du supplice;
Et toute leur puissance, & toute leur rigueur,
N'esbranleront iamais, ton ame, ny mon cœur.

BRVTE.

Ha! ce diuin propos m'eschauffe, & me r'anime:
Apres l'auoir gousté, la foiblesse est vn crime:
Ie parts, mon cher Amour, ie parts, mais resolu,
De mourir noblement, si le sort l'a voulu.

PORCIE.

Ma fin suiuant la tienne (en estant esclaircie)
Sera digne de Brute, & digne de Porcie.

BRVTE.

Puisse le Ciel touché, par vn desir si beau,
Nous réioindre à la vie, ou du moins au tombeau.

Ce qu'el-
le dit re-
garde les
charbons
ardens
qu'elle
aualla
depuis.

SCENE
SIXIESME.

ANTHOINE, CALPHVRNIE, LE
SENAT EN CORPS, COEVR DE
PEVPLE ROMAIN, LEPIDE,
EMILIE, PHILIPPVS, ARTEMI-
DORE.

ANTHOINE.

Oraison Funebre.

E Grand Cæsar est mort : ce second Ale-
    xandre ;
(Helas! qui le croira) n'est plus qu'vn
    peu de cendre :

Il mōstre 'vrne ou sont les cendres de Cæsar.

Et cette Vrne contient (ô triste souuenir)
Ce que tout l'Vniuers ne pouuoit contenir.
Mais quel estrange sort le derobe à la terre ?
Est-il mort dans son lict ? est-il mort à la guerre

Ou?

Ou si la forte amour que les Dieux ont pour luy,
Sans mal , & sans douleur nous l'enleue auiour-
     d'huy?
Non , il a bien souffert vn traictement plus rude,
Et de la perfidie & de l'ingratitude :
Ie frisonne d'horreur d'y penser seulement;
Et vous allez auoir le mesme sentiment.
Qu'on aille aux chauds desers de l'ardente Libie,
Ou dans les vastes champs de l'affreuse Arabie,
Qu'on visite l'Afrique, & son peuple noircy,
On n'y verra iamais tant de monstres qu'icy.
Mais ces monstres encor ne sont pas ordinaires;
Ils sont des plus cruels & dés plus sanguinaires;
Et pour vous faire voir, que sans doutes ils sont tels,
Ils font mourir Cæsar, le milieu des mortels.
Mais comme quoy mourir ? iamais la barbarie
Des Lions qu'on irrite, & qu'on met en furie,
Au milieu des Captifs, que leur rage a deffaicts,
N'a produit à vos yeux de si sanglants effects,
Vingt & trois fois leurs mains (si dignes de la flame)
Ont ouuert le passage à sa genereuse ame,
Et Cæsar à la fin percé de tant de coups,
A perdu tout le sang qu'il conseruoit pour vous.
Ha ! l'excés de douleur, me coupe la parole;
Et ie m'afflige plus que ie ne vous console :
Illustre, & Grand Cæsar, tu m'entends aduoüer
Qu'il faut que ie me plaigne, au lieu de te loüer.

Vingt & trois coups meschans! au moins dites quel crime
A fait le Dictateur, & ce qui vous anime?
Ils ne respondent rien: & Cæsar n'est blasmé,
Que pource qu'il aimoit, & qu'il estoit aimé.
Ouy peuple, vostre amour luy fait perdre la vie:
Car tousiours l'innocence est subiecte à l'enuie:
Qui de tous les mortels, peut auec verité,
Dire qu'il a souffert ce qu'il a merité?
Et qui peut iustement se plaindre de cét homme,
Qui sembloit s'immoler pour la grandeur de Rome?
Demons dont la fureur est sans comparaison,
Parlez, ils sont muets, à faute de raison :
Mais traistres, cachez vous dans le centre du monde,
Mesurez la grandeur de la terre & de l'onde,
Fuyez, fuyez tousiours, taschez de vous sauuer,
Le bras puissant des Dieux vous sçaura bien treu-
    uer
Portant en vostre sein l'oiseau de Promethee,
Par vn cuisant remords, vostre ame tourmentée,
Vous faisant endurer des tourmens eternels,
Vous serez les bourreaux comme les criminels.
Et vous peuple Romain, perdez vous la memoire,
Que des mains de Cæsar vous tenez vostre gloire?
Ne vous souuient-il plus qu'il rangea sous vos loix,
Ces peuples aguerris, ces genereux Gaulois?
Et que fendant les flots de l'humide campagne,
Il porta vostre nom dans la grande Bretagne,

Et fit voler voftre Aigle, & regner en des lieux,
Qui n'eftoient commãdez, ny connus que des Dieux?
Que fi l'on oublioit fa valeur infinie,
Afrique, Efpagne, Grece, Egypte, Germanie,
Et tant d'autres Climats que Cæfar a domptez,
Parlez de fes hauts faits, comme de ces bontez.
Tibre, qu'il a rendu le plus fameux des fleuues,
Toy qui vis fa valeur, par de fi belles preuues,
Dis nous combien de fois Cæfar eft retourné,
Dans le char de triomphe; & combien couronné:
Mais comme vne vertu femble en former vne autre,
Il ne vouloit du bien, que pour le faire voftre:
Voyez comme l'amour qui conduifoit fa main,
Combloit de fes bien-faicts tout le peuple Romain:
Lifez ce Teftament; il l'efcriuit luy mefme:
O d'vn cœur liberal, magnificence extréme!
Il vous y donne à tous; & l'vn de fes meurtriers,
Se trouue encore mis entre fes heritiers.
Et quoy tant de faueur rend voftre ame obligée,
Et fa funefte mort ne fera point vangée?
Il faut fe declarer; fus donc, refpondez tous;
C'EST LE SANG DE CÆSAR (ROMAINS) QVI
    PARLE A VOVS.
Voyez de fon deftin les pitoyables marques,
Que virent à regret les yeux mefmes des Parques;
Ne punirez vous pas la rage de ces loups?
C'EST LE SANG DE CÆSAR (ROMAINS) QVI
    PARLE A VOVS.

Il mõftre le Teftament de Cæfar.

Il monftre la robe de Cæfar au peuple.

Quoy, voulez vous souffrir que les races futures,
En fremissant d'horreur de voir nos aduentures,
Vous blasme comme Brute, en manquant de cour-
    roux ?
C'EST LE SANG DE CÆSAR (ROMAINS) QVI
    PARLE A VOVS.

Au moins n'oubliez pas qu'Anthoine plus fidelle,
Monstrant voftre deuoir, fit paroiftre fon zele,
Et que pour s'acquiter, il vous dit à genoux,
QVE LE SANG DE CÆSAR (ROMAINS) PAR-
    LOIT A VOVS.

CHALPHVRNIE.

Elle se
met age- *Pour vous faire courir à de si iuftes armes,*
noux & *Souffrez moy de mefler ce Sang auec mes larmes :*
hauffe fon *Et si quelque pitié regne en vos cœurs pour moy,*
veille. *Gardez bien d'en auoir, de ces hommes fans foy.*

VN CITOYEN.

D'vne lafche pitié nos cœurs font incapables :
Qui deffend les mefchans, eft au rang des coulpables:
Allons, allons changer ce difcours en effects,
Et de ce mefme feu confumer leurs Palais.

SCENE
DERNIERE.

VN AVTRE CITOYEN.

ENATEVRS, apprenez la plus *Il arriue.*
grande merueille,
Qui peut-estre iamais ait frappé vostre
oreille :
Hier au soir ennuyé de voir tant de meschans,
J'allay passer la nuict dans la douceur des champs :
Mais reuenant au point que la clarté s'allume,
Mon œil a veu Cæsar, plus grand que de coustume,
D'vn port maiestueux, d'vn regard esclattant,   *Ce dis-*
Qui s'esleuoit sur Rome ; & qui dans vn instant,   *cours est*
Par cette agilité dont vne ame est pourueuë,   *tiré de*
A trauersé les airs, ayant lassé ma veuë :   *l'histoire*
Mais au mesme moment s'est fait voir à mes yeux,   *Romaine*
Vn Astre tout nouueau qui brilloit dans les Cieux,

Q'a'aucun ne doute icy de ce raport fidelle.

ANTHOINE.

Bien-heureux Messager! agreable nouuelle!
Romains, Venus sans doute, a mis en ce haut rang,
Celuy que la Nature, a tiré de son sang;
Ce grand Neueu d'Enée, ou plustost son merite,
Qui treuuoit parmy nous la terre trop petite,
Luy donne cette place entre les immortels,
Et nous demande à tous, l'Encens, & les Autels.
Qui voudroit refuser son cœur mesme en offrande,
A ce Dieu, qu'à fait tel vne vertu si grande?
Pour croire ce miracle, il ne faut point le voir:
Mais, Romains, sçauez vous quel est vostre deuoir?
Puis qu'il a merité de la Chose Publique;
Qu'elle erige en son Nom vn Temple magnifique,
Allons le desseigner: & qu'on sçache en tous lieux,
QVE L'ILLVSTRE CÆSAR, EST AV NOMBRE
DES DIEVX.

Cesar se disoit de la race d'Ænée, comme Antoine de celle d'Hercule.

Deux senateurs reprenët l'vrne, vn autre porte la role de Cesar, & tous se retirent.

F I N.